Ce bon M. de Véragues

MAURICE MAINDRON

Ce bon M. de Véragues

ILLUSTRATIONS

DE

FÉLIX JOBBÉ-DUVAL

PARIS

CALMANN-LÉVY, ÉDITEURS

3, RUE AUBER, 3

1

Comme M. le chevalier Henri de Puymonceaux n'avait jamais possédé plus de deux écus d'argent à la fois jusqu'à la mort de monsieur son père, il se crut très riche le jour où il se trouva à la tête de cent écus d'or. Il est vrai que c'était là tout ce qu'il possédait sur la terre, avec quelques mauvais pourpoints, deux épées et une paire de manches de mailles, manches de mailles de fabrication exceptionnelle, trempées au jus de navet. Le défunt en possédait deux paires. Mais la seconde demeura, ainsi que ses armes, aux mains d'un huguenot qui le tua à la journée de Bassac, en l'an du Seigneur 1569, ainsi que personne ne l'ignore.

Donc M. le chevalier Henri se trouva orphelin à ce moment même où monsieur son père lui écrivait de le rejoindre à l'armée de M. le duc d'Anjou, où il ferait ses premières armes. La lettre arriva en même temps que la nouvelle de la mort du vieux Puymonceaux.

M. Henri avait grandi un peu comme les arbres sauvages, semés au hasard du vent. Ayant à peine connu sa mère, morte en pleine jeunesse d'un accident de chasse augmenté par les remèdes des médecins, il avait été laissé aux soins d'un vieux prêtre et des écuyers de son père. Pendant que le bon seigneur courait par les chemins en chasse ou en guerre, monsieur son fils apprenait à lire et à écrire avec l'abbé, à manier le cheval et les armes avec l'écuyer, et aussi à baguenauder aux champs, à dénicher les oiseaux avec les enfants du voisinage.

Ainsi s'était écoulée sa vie, au fil des jours, jusqu'à ce qu'il eût atteint l'âge de dix-huit ans. C'est alors que son père mourut, laissant ses affaires en si misérable état, qu'une fois les gens de lois partis de la gentilhommière du Berry, sise près de Mehun-sur-Yèvre, il ne resta à l'héritier qu'à coucher à la belle étoile, car le fisc avait tout mangé. De la seigneurie de Puymonceaux, dont M. Henri portait le titre, il y avait belle lurette que tous les droits étaient alié-

nés. D'argent vaillant, il eut cependant cent écus d'or.

De parents, dans le pays, il n'avait qu'une vieille tante vivant d'une rente sur l'Hôtel de Ville de Lyon et charmant ses loisirs entre deux chats mourant de gras fondu et une mandore dont elle jouait avec plus de bonne volonté que de mérite. D'amis, il en avait peu ou point, et, quand on connut l'état de ses affaires, il n'eut même plus de connaissances. Aussi quitta-t-il le logis avec un cœur léger, après avoir respectueusement baisé les mains de sa tante, qui lui donna sa bénédiction et un scapulaire renfermant une minime parcelle d'une sainte relique rapportée par un de ses aïeux de la Terre-Sainte, à ce qu'elle assura du moins.

Aussi bien ne lui restait-il qu'à endosser le harnais et à aller à la guerre contre les huguenots, dont les ravages recommençaient à désoler le royaume. A Bourges, où il passa tout d'abord, ses écus fondirent comme neiges aux premiers souffles du printemps. Mais il se procura un cheval reître, une demi-armure à l'épreuve de l'arquebuse, une paire de grands pistolets et une lettre de recommandation de M. de la Châtre, gouverneur du Berry, pour M. de Montpensier, qui guerroyait avec une partie de l'armée royale du côté des Charentes.

Sur son vieux cheval, bête au poil bourru, borgne, et dont la seule allure était un amble bâtard qui tenait du guilledin, il plaça son petit bagage et son valet Jérémie Coustard dit Jacquot, un ancien soldat qui vaguait à Bourges, à la recherche d'une position et auquel il fallut payer encore un chapeau de fer, un collet de buffle, une épée neuve et des pistolets, sans compter un manteau de pluie dont le prix monta à douze livres, car on l'acheta chez François Billacoys, marchand fripier, à l'enseigne du *Grand Monarque*, rue de Montchevry, dite aussi rue Saint-Sulpice.

M. Henri ne fit point long séjour en la ville de Bourges, autant par esprit d'économie que par ennui; il tira vers Châtellerault, du côté de la guerre, à la recherche de l'occasion de se faire enrôler.

Ils arrivèrent, un soir, à une hôtellerie dont l'enseigne, au *Cancre volant*, grinçait après sa tringle de fer au-dessous d'une branche d'arbre fichée sur le

ILS ARRIVÈRENT UN SOIR A L'HÔTELLERIE DU « CANCRE VOLANT ».

mur de la façade. A leur approche, le maître de céans sortit avec un empressement qui se refroidit vite à l'aspect des deux cavaliers.

— Dites-moi, brave homme, combien en coûte-t-il pour loger un gentilhomme, ses chevaux et son valet, pendant une nuit dans votre hôtellerie, et aussi leur donner à boire et à manger, car nous sommes rompus de fatigue et j'ai de l'argent pour payer?

L'hôte prit un air soupçonneux et se gratta la tête, car il croyait à un piège. Mais Jacquot, devant ce silence qui lui parut injurieux, éclata :

— Triple âne bâté! oison bridé! auras-tu bientôt fini de faire le maître sot, hôtelier de malheur?

Et il s'avança, poussant son cheval sur le maître du *Cancre volant*, qui recula prudemment jusqu'à sa porte.

— Pour qui donc prends-tu monsieur le chevalier mon maître? Bélître, apprends que tu as affaire à des gens qui vont se battre pour le service du roi. Et crois-tu donc, disgracieux maroufle, que si nous étions ce que tu crois nous ne vous aurions déjà pas mis tous à sac, toi et ton aimable maisonnée? Allons! bonne table, bon gîte et bons draps à monsieur le chevalier; quant aux bêtes et à Jacquot, c'est moi qui en aurai soin.

Et, quittant la selle, il s'en fut tenir la bride à M. Henri, puis mena les bêtes à l'écurie.

Tout en entrant dans la salle, le jeune homme donna à l'hôte un écu d'or qu'il reçut respectueusement sur son plat d'étain. Le son de l'espèce trébuchante montra la bonté du titre, et l'hôte remarqua que le gentilhomme avait bonne mine.

Et comme il séchait ses bottes au feu, regardant avec satisfaction les volailles tourner, l'hôtesse vint lui faire la conversation et lui donna des renseignements qu'à son air entendu on devinait très utiles.

— On vit maintenant en des temps bien difficiles et toujours sur le qui vive. Les huguenots — que leur nom soit maudit! — ont bien vite fait d'enlever une maison, de tuer, de piller et de brûler tout. Souvent nous avons eu de vraies alarmes! Et qui croire? Il en arrive un, puis deux, puis trois, la place est bientôt occupée, et alors tout y passe! Dieu nous préserve d'un pareil malheur!

Puis elle rebattit les oreilles du chevalier de mille histoires de petites guerres locales, de querelles de clochers. Celui-ci l'écoutait sans l'entendre, puis s'endormit tout à fait, rêvant qu'il donnait sur un parti de huguenots commandés par M. l'Amiral en personne et qu'il les tuait tous jusqu'au dernier. Quant à M. l'Amiral, il l'amenait prisonnier au roi, qui l'en récompensait en le nommant chevalier de l'ordre de Saint-Michel et capitaine de cent hommes d'armes. Maintenant il se voyait à leur tête, passé en revue par Leurs Majestés, lorsqu'un jaloux l'assassinait traîtreusement, et il tombait lourdement de cheval.

Ce n'était, à la vérité, que de sa chaise, à laquelle il avait donné une inclinaison trop forte en arrière tout en appuyant ses pieds sur la traverse des landiers. Sa chute fut amortie par la table qui se trouvait derrière lui, et, ayant repris et son aplomb et ses esprits, il allait se mettre à souper quand un cavalier, qui venait de descendre de cheval, entra dans la salle où était dressé le repas. Tout, en ce nouveau venu, décelait des recommandations pour ses chevaux, que son valet tenait en main et prome-

IL SÉCHAIT SES BOTTES AU FEU.

une personne de condition. De haute taille et de grande mine, il donnait à l'hôte qui l'écoutait, le bonnet à la main, nait devant la maison pour ne pas les laisser refroidir. La plus grande bête, un roussin fleur de pêcher, était har-

nachée de maroquin et de damas turquin
pourfilé de soie gris de lin, avec un
garde-queue de clinquant. Les longues
branches du mors doré se rattachaient
aux fonceaux par des bossettes ciselées
qui brillaient à la lueur des falots et des

UN CAVALIER ENTRA.

lanternes que portaient les garçons de
l'hôtellerie, s'empressant à la porte des
écuries.

Cependant le nouveau venu se faisait
apporter ses pistolets, tout en regardant
M. Henri avec une indifférence dédai-
gneuse.

— Les chemins ne sont guère sûrs par
le temps qui court — appuya-t-il — et
les maisons non plus.

Et avisant Jacquot qui fourbissait les
armes de son maître :

— On ne peut faire un pas sans rencontrer quelque parti de ces damnés
huguenots que le diable confonde !

Tout en formant ce vœu peu chari-
table, il se découvrit et se signa. Une
large flamme montant d'une brassée de
menus bois jetée dans l'âtre fit à cet
instant luire le corps de cuirasse dont
les bandes claires brillèrent comme des
traînées d'argent neuf.

— Avez-vous donc un homme de
guerre ici? fit encore le nouvel arrivé,
qui paraissait désireux de tout connaître.

L'hôte, d'un air moitié figue et moitié
raisin, et d'un geste discret, montra
M. Henri vu de dos à cette heure, car il
lisait, à l'aide d'une chandelle qu'il haussait à hauteur convenable, un avis signé
de M. de la Châtre. C'était un ordre
émané du gouverneur du Berry et où il
ordonnait à tous, grands et petits, de
courir sus à M. de Véragues, gentilhomme huguenot, traître au roi, et qui
avait brûlé deux églises aux environs
du Blanc en Berry, pillé trois presby-
tères, deux manses et un château, et
assassiné, avec d'autres compagnons de
son état, deux vieux prêtres ainsi que
leurs servantes, et torturé à mort la
femme d'un censier pour lui faire
avouer où elle avait caché son argent.
Suivait la liste d'autres méfaits et
la promesse d'une récompense de
soixante écus d'or à qui livrerait ledit
Véragues, baron des Gurons et seigneur
de Saint-Pierre-de-Notz, ci-devant prévôt, juge d'épée, et capitaine d'une compagnie de chevau-légers, cassée par
ordre du roi.

M. Henri, ayant fini de lire, reposa la
chandelle sur la table et s'assit en
songeant aux moyens de s'emparer du

sieur de Véragues, baron des Gurons et seigneur de Saint-Pierre-de-Notz. Puis il pensa que, comme le ban du gouverneur La Châtre remontait à deux mois de date, il y avait quelque chance que ledit baron eût été pendu.

Mais l'étranger l'interpella avec un air d'autorité qui l'étonna.

— Eh bien, monsieur, vous êtes soldat, à ce que je vois, et gentilhomme, à ce qu'on me dit. Ne trouvez-vous pas que vous êtes bien jeune pour courir ainsi le pays loin de madame votre mère et du fouet de votre précepteur?

M. Henri était un garçon très doux et plein de déférence pour les gens âgés. Remarquant que le demandeur était quelque peu gris de poil et que l'hôtelier l'avait appelé « Monseigneur », il crut prudent de montrer quelque patience.

— Monsieur, je suis le chevalier de Puymonceaux, pour vous servir. Quant à madame ma mère, Dieu m'en a privé depuis déjà fort longtemps, et mon précepteur a cessé de s'occuper de moi tantôt deux ans avant la mort de mon père. Je m'en vais de ce pas chercher fortune à la guerre et servir, s'il se peut, sous monsieur de Montpensier, pour qui j'ai une lettre, à moi remise par monsieur de la Châtre.

L'inconnu eut un léger tressaillement, aussitôt réprimé, et l'expression de son visage un instant tendu par une violente préoccupation redevint hautaine et morne comme elle était tout d'abord.

A cet instant les domestiques apportèrent force chandeliers, la salle vivement éclairée prit un air de fête. Des plats couvraient la table, pleins de choses appétissantes; entre toutes un pâté en façon de mortier, côtelé, cannelé,

sommé de six écrevisses qui semblaient défendre de leurs pinces cette citadelle de pâte, méritait de retenir l'attention.

— Vous plaira-t-il de souper avec moi, monsieur? dit l'inconnu à M. Henri. Si je n'ai pas comme vous un appétit de vingt ans, du moins ai-je l'estomac dans les talons. Et tout en soupant je vous raconterai force choses intéressantes sur ce baron des Gurons. Car je l'ai beaucoup connu, ajouta-t-il d'un ton singulier. Holà, mon maître! donnez-nous donc avant toutes choses quelques rôties et un doigt de cet excellent vin gris, vous savez... mon vin, enfin!...

L'hôte s'empressait, la maîtresse du logis avait disparu dans la cuisine. « Ce seigneur, se disait M. Henri, doit être un hôte d'importance. »

Grand et vigoureux, un peu courbé comme qui a porté l'armure. le gentilhomme pouvait avoir cinquante ans, plutôt moins, peut-être. Sa figure belle et régulière était gâtée par un air de dureté hautaine, ajoutant quelque chose de plus imposant encore à son air de suprême distinction. Ses moustaches relevées à angle droit vers les yeux étaient restées noires, mais sa barbe taillée en pointe mousse, à la mode du temps, était striée de poils blancs comme des fils d'argent. Son visage sans rides était si pâle qu'il semblait éclairé par un rayon de lune; un grand pli, partant des sourcils réunis au-dessus du nez, divisait le front en deux, donnant à tous les traits une expression triste et chagrine. Ses cheveux coupés court, dressés en hérisson, éclaircis aux tempes par le port du casque, étaient complètement blancs.

Vêtu d'un pourpoint et d'un haut-de-chausses de velours violet sombre, avec un collet de maroquin ambré et des manches de taffetas gris de lin tracées d'or, il avait des gants musqués montant jusqu'au coude, et dont le parfum, se mêlant à celui du collet, s'élevait dans la salle à chacun de ses mouvements. De hautes bottes blanches, avec des éperons d'or, un col raide et empesé en forme d'assiette, un chapeau de fer recouvert de velours noir, complétaient son costume. Son cou était cerclé d'une chaîne d'or en faisant trois fois le tour et supportant un médaillon émaillé qui retombait sur sa poitrine. Mais, à travers les taillades de ses manches, on voyait luire des manches de mailles; l'épée et la dague pendues à l'étroite ceinture de buffle garnie d'acier ciselé étaient grandes et solides; leurs gardes dorées et brunies dans des nuances éteintes étaient d'un travail précieux, telles celles fabriquées par Luce Picinino de Milan.

M. Henri remercia poliment et prit place. Alors tous deux firent honneur au repas. On porta maintes fois la santé du roi, on but maintes rasades à la confusion des ennemis du royaume, de ces huguenots maudits, graine d'enfer. Et, chaque fois qu'il parlait des hérétiques, un énigmatique sourire pinçait les lèvres de l'inconnu. Puis il parut en venir aux confidences : « Au vrai, il s'appelait M. de Lorges et était d'une bonne famille de Hurepoix. Il avait fait la guerre aux avant-derniers troubles et chargé les cavaliers de Coligny à la bataille de Dreux. Il avait servi sous M. de Montpensier. »

— Ah! mon jeune ami, quel homme! Austère comme un apôtre, brave comme un saint Georges! Ah! si vous le connaissiez! C'est un ami à moi, et nous sommes à peu près du même âge! Buvons à ce grand prince!

Et les deux nouveaux amis restèrent une partie de la nuit à table, M. Henri à exposer ses projets, M. de Lorges à raconter ses batailles et les exploits de M. de Montpensier. On en vint naturellement à parler de la lettre.

— L'avez-vous lue! demanda M. de Lorges.

— Ma foi non, monsieur, fit Henri, et pourtant rien n'est plus facile, car elle est ouverte!

— Vous devriez au moins savoir ce qu'elle contient de plus important. Vous pourrez ainsi mieux jouer votre personnage auprès du prince.

M. Henri, surpris, fit remarquer qu'il n'avait à jouer aucun personnage. M. de Lorges se mordit les lèvres et expliqua comment il s'était mal exprimé.

— Je veux dire être en meilleur état de lui plaire.

— Regardons-la ensemble, dit M. Henri, je ne crois pas qu'il y ait inconvénient à cela.

Et il tira de sa poitrine le précieux pli qu'il avait enroulé dans un mouchoir de soie, plusieurs fois replié, afin de mettre la missive à l'abri de tout accident. Très occupé à défaire le paquet fort soigneusement fermé, il ne vit pas le mouvement furtif par lequel M. de Lorges tira à moitié sa dague qu'il avait gardée fixée à ses reins. Mais une réflexion subite la lui fit rentrer dans le fourreau, et, avec un haussement d'épaules dédaigneux, il versa à pleins bords du vin gris dans le verre du jeune homme.

Tous deux, assis en face l'un de l'autre

au bout de la table à moitié desservie, présentaient le plus parfait contraste. Dans sa mâle et sinistre beauté, M. de Lorges, son front soucieux appuyé sur ses mains blanches et fines mais labourées de coups d'épée comme il convient à un homme de violences et de duels, ressemblait à l'Ange déchu, celui dont le regard étincelant ne brille pourtant que de feux obscurs. M. Henri, blond et doux comme un enfant, avait l'air de simplicité tranquille de ceux qui ignorent le mal parce qu'ils ne l'ont jamais fait et ne l'ont point vu chez les hommes. Les gens assez heureux pour posséder cette simplicité, qui n'a rien à voir avec la sottise, sont, si l'on s'en rapporte aux personnes riches en expérience et en souvenirs, partout extrèmement rares. Mais l'imprudence, assez ordinaire chez la jeunesse, empêchait le chevalier de Puymonceaux de se défier de M. de Lorges.

Celui-ci, la main un instant ramenée derrière son dos, avait repoussé dans le fourreau la lame aiguë et robuste qui, de son extrémité dégagée en perce-mailles, pouvait fausser une cuirasse. Un mouvement de pitié le retint sans doute devant cet adolescent sans défense. Mais il ne le frappa point pour cette raison principale qu'un meurtre est toujours une grosse affaire et qu'on la doit éviter quand on peut s'arranger autrement.

M. Henri avait enfin dénoué le paquet. La lettre, écrite sur un fort papier plié en deux, était couverte seulement sur sa première page. Elle renfermait une recommandation banale, de quoi entrer dans une cornette d'arquebusiers à cheval ou une bande de gentils-hommes aventuriers pour battre l'es-trade. Mais lui s'en déclara satisfait. C'était tout ce qui pouvait lui arriver de plus heureux, et, la tête déjà un peu prise, il but à la santé de M. de la Châtre; l'autre ne cessait de lui verser à boire.

D'un geste furtif, M. de Lorges tira de la genouillère de sa botte un petit flacon plat; il le dissimulait dans sa main. Tout à coup se levant en sursaut :

— Est-ce bien la pluie qui tombe ainsi à flots?

M. Henri se dressa, les jambes molles, car il avait bu plus que de raison, et s'en fut à la porte voir si c'était la pluie. Ce n'était rien du tout, et le ciel était plein d'étoiles. Mais le temps de revenir à la table et M. de Lorges avait versé dans le verre de l'adolescent quelques gouttes du petit flacon.

— Ah! ce n'est pas la pluie? Allons! Tant mieux! fit-il. Un dernier coup avant d'aller dormir, car il est minuit au moins, et il me faudra repartir ce matin, de bonne heure.

Ils burent encore. Et M. Henri ne tarda pas à tomber, profondément endormi, le nez en avant sur la nappe.

Approchant de la lumière la lettre de M. de la Châtre, M. de Lorges chauffa doucement le papier. Des caractères apparurent. Pâles d'abord et comme effacés, ils se détachèrent de plus en plus nets, rosâtres puis roux, enfin bruns. Et les mots, puis les phrases, écrits à l'encre sympathique, se laissèrent lire.

« Nous savons de source certaine que le sieur de Véragues était à Sancerre dans le courant du mois d'avril. Il a tué un courrier royal au delà de Chavignol, et j'ai lieu de croire qu'il a passé depuis peu par la ville de Bourges. Il parcourt actuellement les confins du Berry sous le nom de M. de Lorges, tantôt seul, tantôt avec un petit parti de cavaliers. Tout nous porte à croire qu'il tâchera de pénétrer dans Châtellerault, et il est décidé, plus que jamais, s'il le peut, à assassiner le duc d'Anjou. J'ai appris

HENRI S'EN FUT A LA PORTE.

que depuis son évasion du château de Loches le partisan a couru un danger terrible et que ses cheveux sont devenus complètement blancs sans que le poil de son visage ait autrement changé. Monseigneur devra donc se garder plus que jamais de ce tueur soudoyé par les factieux prétendus réformés pour mettre sa précieuse personne en danger. Les lettres du roi mettant le sieur de Véragues au ban du royaume ont été affichées par mes soins en tous lieux du

Berry, et j'ai fait mettre sa tête à prix. A dire vrai, je ne crains pas beaucoup qu'il m'échappe, car je sais une hôtellerie près de Châtillon où il fréquente, et, quand vous recevrez cette lettre, j'aurai sans doute purgé le royaume de ce bandit. »

Et il y en avait long. M. de la Châtre indiquait même l'itinéraire que devait suivre le sieur de Véragues au cas où il échapperait à ses archers.

— Tu ne me tiens pas, La Châtre, mon bonhomme, siffla-t-il rageusement en mettant la lettre dans sa poche. Nous allons monter à cheval et tirer vers un pays plus clément; mais auparavant, mon bon ami, je veux brûler encore quelques bicoques dans ton gouvernement. Je te dois bien cela pour m'avoir fait enfermer à Loches ! Laissons cet innocent dormir, et en récompense de son ingénue confiance faisons-lui un petit cadeau.

Tirant de sa poitrine un délicat sifflet d'argent qui avait la forme d'un singe, il siffla longuement. Quelques minutes s'écoulèrent, puis l'hôtelier entra.

— Mon vieux La Famine, nous sommes vendus, lui cria aussitôt M. de Véragues. Monsieur de Lorges est connu de monsieur de la Châtre, et toi aussi. Donc, mon garçon, alerte! Éveille Leblanc, mon digne écuyer, et que les chevaux soient prêts sur l'heure; avant tout, donne-moi ton écritoire.

L'autre, faisant le gros dos d'un air consterné, apporta l'encre avec quelques feuilles de papier, puis il alla aux chevaux.

Dans le silence de la salle on entendait la plume d'oie crier.

« Mon cousin, je vous envoie un oison bridé qui avait pour vous une lettre de votre doux ami La Châtre. Comme il y était question de mes affaires, j'ai pensé qu'il était inutile de vous la faire remettre. Je l'ai donc gardée et la remplace par celle-ci. Vous ferez sagement de faire donner le fouet à ce garçon pour lui apprendre à ne pas boire ainsi avec quiconque. Si vous le faites pendre, je vous le pardonnerai volontiers; et si vous entendez parler de voleries, pilleries, incendies de couvents, meurtres de religieuses et prêtres papistes, je vous prie de m'en considérer comme l'auteur dans les pays où je passerai. Croyez, monseigneur, à tous les vœux que forme pour votre précieuse santé

» JACQUES,

» sieur de Véragues, baron des Gurons, seigneur de Saint-Pierre-de-Notz et autres lieux. »

Et, cette édifiante missive terminée, le baron la replaça dans l'enveloppe de M. de la Châtre, l'entoura soigneusement du mouchoir de soie, la remit dans la poche du pourpoint de drap usé de M. Henri. Un instant après il était à cheval, et, suivi de son écuyer Leblanc, il s'éloignait à grande allure.

M. Henri, tiré à grand'peine du sommeil où l'avait plongé le suc de pavots donné par M. de Véragues, se réveilla vers neuf heures du matin dans un lit où l'hôtelier l'avait transporté avec l'aide d'un de ses garçons. Il ne se rappelait point autre chose qu'un grand festin, chose dont il n'était pas coutumier; et, assez honteux de cette débauche, il en redoutait les suites. Mais l'hôtelier ne lui fit payer que son logement et l'écot de son valet et des chevaux, le repas étant resté au compte de M. de la Tremblaye. Et comme, ne connaissant pas ce nom, M. Henri demandait quel était ce personnage, l'hôte lui dit :

— Mais c'est ce gentilhomme avec qui vous avez soupé hier, et qui vous a fait goûter de son bon vin.

Et il ajouta :

— Un bien bon seigneur, et très gai. Il habite dans le voisinage une belle maison avec sa femme et deux demoiselles dont une va entrer en religion. Le pauvre homme est même bien triste de laisser là tout son monde pour aller se battre au service du roi.

« C'est singulier, se dit M. Henri. Certes, j'aurai rêvé. Ce n'est pas autrement possible. J'avais cru entendre un autre nom. Mais, après tout, j'ai tellement bu que j'en avais perdu la tête. »

Et il se promit fermement de ne plus retomber dans ce péché d'ivresse. Puis il pensa à la lettre de M. de la Châtre. Elle était bien en place dans son pourpoint, intacte dans son enveloppe, et, comme il se rappelait l'avoir lue, il jugea inutile de la relire.

Son valet avait nettoyé ses vêtements et ses armes, les chevaux étaient reposés. Il se remit en route, ne rêvant plus que batailles, escarmouches, charges et retraites en bon ordre, toutes choses que lui avait racontées ce bon M. de la Tremblaye qu'il avait eu la singulière folie de vouloir tout à l'heure affubler d'un autre nom.

Aussi, lorsque deux petites lieues plus loin il fut accosté par quelques archers de prévôté qui lui demandèrent s'il n'avait point connaissance d'un certain M. de Lorges qui avait dû lever le pied, la nuit dernière, de l'hôtellerie du *Cancre volant*, il leur répondit qu'il ne l'avait jamais vu. Le portrait que firent les gens de justice était si peu ressemblant et les souvenirs de M. Henri demeuraient si peu précis que ni les uns ni les autres ne s'entendirent sur M. de Lorges et sur M. de la Tremblaye. Car les gens du roi cherchaient le premier pour le pendre, et M. Henri était en quête du second pour le remercier.

Mais, sur les quatre heures du soir, dans un chemin creux, le jeune homme aperçut quatre cavaliers armés en guerre qui s'avançaient le pistolet à la main. Derrière eux venaient une vingtaine d'autres gaillards en pareil équipage. Tous portaient l'armure de corps, et la casaque blanche, et des manches de mailles; des morions, des cabassets ou des bourguignottes armaient leurs têtes; certains avaient des arquebuses, d'autres des pétrinaux, mais tous avaient des épées et des dagues de mesure, et leurs chevaux étaient de bonne et solide étoffe. M. Henri reconnut qu'il était tombé dans un parti de huguenots. Rétrograder était difficile, s'échapper par les côtés impossible, car à droite et à gauche s'élevaient des talus escarpés. Jacquot, consulté, opina pour la retraite. A deux cents pas en arrière un chemin dégageait la route; on pourrait le prendre et regagner le pays habité. Les huguenots n'étaient plus qu'à une vingtaine de toises, leurs cavaliers d'avant-garde avaient dû voir les voyageurs. Ceux-ci voltèrent rapidement, et les chevaux, vigoureusement piqués, partirent au galop. Mais toute la troupe se mit à leur poursuite, et bientôt ils entendirent le sol trembler sous les foulées de plus de quarante chevaux.

Mieux montés qu'eux, les réformés les gagnaient, et ils leur criaient de s'arrêter. Des balles sifflèrent à leurs oreilles, puis à leurs côtés. Effrayés par les détonations, leurs montures devenaient rétives. Puis celle de Jacquot, d'un grand bond, se porta en avant, buta et roula à terre sans que **son** cavalier pût la relever. Une balle lui avait brisé une jambe de derrière. Ne voulant pas abandonner son valet, M. Henri fit pirouetter sa bête et mit la main à ses pistolets. Des deux coups, un seul partit : un homme, frappé **en** plein visage, s'aplatit sur l'encolure **de** sa bête qui pointait; du pommeau il meurtrit la face d'un autre. Maintenant, avec sa forte épée, il les taillait et les lardait; la longue lame disparut **dans** la gorge d'un grand Allemand qui lui criait : « A mort! » avec des jurons tudesques. Jacquot, relevé, faisait **de** tels moulinets avec son estocade tenue de la main droite, piquant les chevaux au poitrail avec sa dague maniée **de la** main gauche, qu'un cercle se **forma** autour d'eux.

Tout en rechargeant leurs pistolets, les huguenots se mirent à parlementer, puis à se chamailler entre eux; car chacun prétendait avoir fait ces gens prisonniers et prétendait les rançonner pour son compte. La bataille **allait** recommencer, et un des plus acharnés déclarait qu'il aimerait mieux brûler **la** cervelle à ces deux catholiques que de les céder à quiconque.

Mais un homme sortit de la presse qui paraissait être le chef de ces partisans. Son écharpe blanche était d'un beau taffetas. Sa demi-armure gravée et dorée recouvrait un habit de velours violet, sa bourguignotte à masque en

DES BALLES SIFFLAIENT A LEURS OREILLES.

soufflet lui cachait le visage, et ce casque, comme le chanfrein d'acier de son
cheval, portait un haut plumail d'autruche noire. Et, comme il était resté
en arrière, il demanda ce qu'il y avait,
pourquoi l'on se battait ainsi contre ces
deux quidams, et qui ils étaient. Puis
d'un ton péremptoire :

— Laissez ce seigneur tranquille, et
donnez un cheval à son valet. J'en
fais mon affaire, et c'est à moi qu'ils
paieront rançon. Je vous en tiendrai
compte.

— Quant à vous, mes braves, dit le
capitaine à M. Henri et à Jacquot,
veuillez marcher à mes côtés et vous
remonter comme vous le pourrez avec
les chevaux des gens que vous avez mis
par terre. Vous êtes prisonniers, vous
le savez; je vous conseille donc de ne
pas essayer de vous enfuir, sans quoi je
vous casserai la tête, ce qui serait grand
dommage. Nous allons, à quelques
lieues d'ici, faire un petit voyage d'agré-
ment auquel vous vous trouvez tout
naturellement invités. Nous parlerons
ensuite de nos affaires. Veuillez donc,
jeune homme, marcher botte à botte
avec moi et ne me point quitter si vous
me voulez faire plaisir.

« Où donc ai-je entendu cette voix?
se demandait M. Henri. Elle ressemble
étrangement à celle de ce brave monsieur de la Tremblaye. »

— L'important, disait Jacquot à part
soi en surveillant du coin de l'œil les
deux arquebusiers qui le flanquaient,
c'est d'avoir sauvé notre peau. Je n'en
aurais pas tout à l'heure donné un
denier.

Et, le nez de son cheval à la queue de
celui de son maître, il avança tout en
sifflant.

II

— Il faut subir ce qu'on ne peut
empêcher et ce qui n'est pas contre
votre conscience, mon ami Jacquot.

Ainsi M. Henri crut-il devoir prêcher
Jacquot, qui s'étonnait de ne pas voir
son maître plus bouleversé d'une
pareille aventure. Lui, il en avait vu de
toutes sortes, ayant fait la guerre pendant vingt ans, tant en Italie qu'en
France, aux Pays-Bas nommément, où
il avait fortement souffert comme prisonnier des Espagnols.

— Voyez-vous, monsieur, ce qui me
chiffonne dans cette affaire, c'est de
n'avoir pu mettre par terre deux ou
trois de ces casaques blanches, comme
vous l'avez fait d'une si belle façon. Et
pourtant, c'est là votre première affaire !
Par la serpe de mon grand-père, qui
fut un fameux vigneron, si tous les
seigneurs catholiques étaient comme
vous, je pense que ceux de la religion
ne tarderaient pas à quitter le royaume
ou à redevenir de bons chrétiens comme
avant.

M. Henri n'en tira point vanité.

— Si Dieu nous prête vie et quelque
liberté, avec son aide nous en ferons
bien d'autres, mon garçon.

Telle fut sa simple réponse. Mais le
capitaine, se rapprochant de lui, lui
demanda avec quelque politesse si on
lui avait laissé son épée. Et, sur sa
réponse affirmative :

— J'en suis bien aise, fit-il. Au reste,
si on vous l'eût prise, je vous l'aurais
fait rendre. Et vous pouvez compter que
je vous traiterai avec égard jusqu'à ce
que je trouve à vous échanger contre

quelque gentilhomme huguenot. Car vous êtes gentilhomme, nécessairement. Vous maniez bien votre cheval, monsieur, mais vous êtes jeune et vous avez la main trop impatiente. Cette bête pourrait rendre un meilleur service dans des circonstances graves; et si j'eusse été dessus, à votre place, l'on ne m'eût jamais pris.

rogations, se haussant sur ses étriers, semblant attendre quelque chose de très important de là-bas, à l'horizon, qu'il inspectait sans relâche. Et, tout en parlant, il déguisait sa voix.

« Où donc ai-je entendu cet organe? » se demandait M. Henri.

Un cavalier se présenta au détour du chemin : il eut un rapide colloque avec

UN CAVALIER SE PRÉSENTA AU DÉTOUR DU CHEMIN.

Par une délicatesse très grande, M. Henri ne voulut pas dire que c'était pour ne pas abandonner son valet sur le champ de bataille qu'il était resté aux mains de l'ennemi.

— Comment vous appelez-vous? demanda distraitement le capitaine, dont le visage demeurait toujours caché par le masque de sa bourguignotte qui ne laissait entrevoir que l'éclat de ses yeux.

Il continuait machinalement ses inter-

le capitaine; puis il en arriva encore deux, puis quatre, puis dix, puis vingt. La troupe fut bientôt de plus de cent chevaux. A la lisière d'un petit bois, comme la nuit tombait, on se renforça d'une bande de soixante hommes de pied armés d'arquebuses et de piques. Dès lors on marcha en ordre de bataille. Des piquets de cavalerie partirent en éclaireurs sur la route et par la campagne; le gros de l'infanterie, composé maintenant de cent arquebusiers et de cent cinquante piquiers, tenait toute la largeur du chemin, flanqué par les cavaliers marchant à travers champs, sur une largeur de front de plus de cent toises.

A huit heures du soir, on rencontra une grande ferme. En quelques ins-

tants, elle fut complètement entourée, M. Henri et Jacquot restèrent à l'arrière-garde avec un groupe de cavaliers; tout le reste se porta en avant. Comme ceux de dedans voulaient se défendre, on leur fit savoir qu'hommes et femmes seraient pendus et que l'on brûlerait tout. Ils n'en tinrent pas compte, se croyant forts et prenant cette armée pour une poignée de pillards. Mais on fit sauter les portes, et aucun des habitants ne sortit vivant. Les hommes furent tués à coups d'arquebuse ou de pique, et les femmes pendues aux linteaux des portes, et, comme il y avait des enfants qui criaient, on les jeta dans un puits, ce que certains trouvèrent mauvais en disant que cela gâterait l'eau.

Enfin, quand tout fut tué, l'on n'entendit plus rien. On occupa cette ferme qui était très grande et l'on fit rôtir à de grands feux, un peu partout, des moutons qu'on égorgea et des poules que l'on pluma avec peu de soin. Cela fit dire à certains qu'on aurait bien pu tuer les femmes le lendemain seulement, après qu'elles auraient préparé le repas.

Le campement fut établi avec discipline, et il fut interdit de s'éloigner et d'aller à la maraude. Des piquets de cavaliers formaient grand'gardes, et à la lueur des feux l'on voyait les hautes silhouettes des vedettes, dont les casques luisaient par instants.

Henri et Jacquot furent logés dans une petite pièce au-dessus de la grande salle basse. On ne les laissa manquer de rien, mais on les gardait sévèrement, et le capitaine se fit excuser de ne point souper avec M. Henri, mais il ne le pouvait, ayant des affaires de guerre à traiter, et de la plus grande importance.

Hors, comme c'était la nuit, Jacquot, qui ne dormait que d'un œil et d'une oreille, entendit des voix confuses au-dessous de lui. Comme c'était un homme avisé, il posa une chandelle sur le plancher, disjoignit quelque peu les lambourdes avec un outil de fer, une bêche, qui se trouvait là, et put assister au conseil de guerre qui se tenait dans la salle du bas, autour d'une grande table où il y avait des verres et des pots d'étain en quantité.

Au haut bout siégeait le capitaine. C'était le seigneur de l'hôtellerie du *Cancre volant*, M. de Lorges, autrement dit M. de la Tremblaye, ou encore M. de Véragues, mis au ban du royaume. Cette découverte parut assez importante à Jacquot pour qu'il réveillât M. Henri et le priât de prendre sa part du spectacle.

— C'était bien lui, chuchota celui-ci en reconnaissant le baron; j'avais bien cru reconnaître sa voix. Mais quel est cet homme ventru sanglé dans cette énorme cuirasse et dont la trogne rouge s'abrite sous un pot de fer? C'est, j'en suis sûr, le propriétaire de l'hôtellerie du *Cancre volant!*

C'était lui, en effet, qui avait cru prudent de ne pas attendre les archers de M. de la Châtre. Dès le départ des deux catholiques il s'était armé, était monté à cheval et avait volé sur les traces du sieur de Véragues, laissant à sa femme et aux filles de cuisine le soin de recevoir les gens de justice.

Quant à Jacquot, par la fente du plancher il en reconnaissait bien d'autres huguenots! Un tas de gens sans aveu qui battaient le pavé de Bourges ou les chemins du Berry et qui là, en bas, tranchaient du gentilhomme et se carraient dans des nippes et des armes volées. Le brave soldat s'en épongea le front suant d'indignation :

— Oh! les gueux!

Mais M. Henri dut calmer cette indignation, car il tenait à entendre ce qui se disait dans cette assemblée de justes. Le sieur de Véragues était en train d'expliquer son plan de campagne, qui consistait à attirer sur le point où ils

étaient à cette heure les quelques forces de la province pour les battre à plate couture et s'emparer ensuite d'une ou deux petites villes où l'on pourrait tuer et piller à loisir, saccager

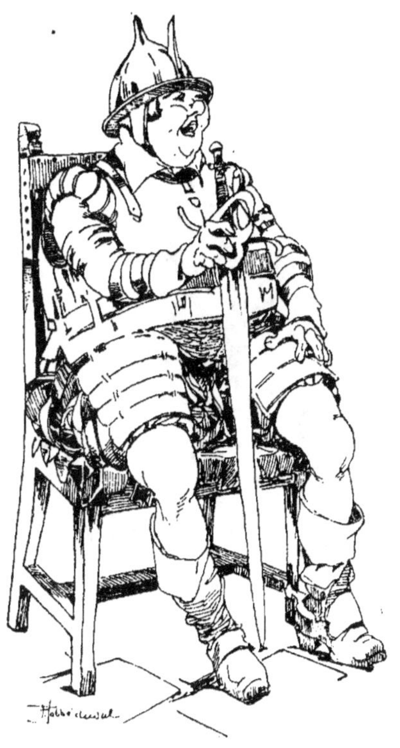

CET HOMME VENTRU...

les églises, détruire les reliques, fondre les vases sacrés, marteler les statues des tombeaux, assommer des moines, égorger des religieuses, toutes choses qui provoquaient dans l'assemblée un véritable enthousiasme.

Le calme bientôt rétabli, le sieur de Véragues exposa son plan d'une façon plus nette. Son entreprise devait se porter sur la petite ville de Saint-Michel, assez mal défendue par une garnison déjà diminuée par les renforts qu'elle avait dû fournir à diverses places du Poitou, et déjà travaillée par ses émissaires.

— Le capitaine La Plommée, qui la commande, se retirera pour cinquante écus, pourvu qu'on lui assure, à lui et

M. DE VILLENAVE.

son monde, vie et bagues sauves. Les soldats une fois partis, nous pillerons la ville comme nous l'entendrons, après nous être fait donner une grosse somme par l'assemblée des bourgeois. Il faudra donc partir au petit jour, entourer rapidement la place et agir avec vigueur et ensemble. Je vais donner à chacun de vous individuellement les instructions ainsi que les mots d'ordre. Retirez-vous, je vous ferai appeler l'un après l'autre.

Le projet ne soulevant aucune objection, chacun s'empressa d'obéir, et le

sieur de Véragues demeura seul avec son premier lieutenant, M. de Villenave, homme dur et déterminé qui avait embrassé le protestantisme par haine contre le roi, car on l'avait chassé de l'armée à la suite de malversations.

Revêtu d'une armure complète bleuie où brillaient des rinceaux dorés, il ne laissait voir que son long visage sec et maigre, orné de raides moustaches, d'une barbe rousse taillée en pointe et d'une grande balafre allant de la tempe droite à la pommette gauche, souvenir qu'il avait rapporté d'un duel où il avait, à en croire la rumeur publique, assassiné son adversaire. Sa figure sinistre était éclairée en plein par les hautes flammes qui remplissaient la vaste cheminée de la ferme et jaillissaient en pétillant des fagots de sarments qu'un soldat venait d'y jeter. Cet homme complètement sourd était le serviteur ordinaire du sieur de Véragues, qui n'avait point à redouter ses indiscrétions.

Ainsi accoudés au bout de la grande table poissée de vin, les deux capitaines huguenots discutaient leur plan de campagne. Et ils semblaient, avec leurs figures attentives et sournoises, deux bêtes de proie à l'affût.

— Enfin, disait M. de Villenave, nous allons pouvoir nous venger pleinement de ces misérables catholiques et tenir la campagne suivant notre rang et notre état. Demain le capitaine Paulin nous amènera sans doute du renfort, et le cadet de Moissac ne saurait manquer au rendez-vous. Eux et leurs hommes ne sont pas un appoint à dédaigner, car ils sont bien deux cent cinquante ou trois cents. J'attends encore le vieux Forlonges avec quelque cinquante cavaliers. Si notre premier coup de main réussit, après-demain nous serons mille, et dans trois jours dix mille.

Et, comme le sieur de Véragues restait songeur, il ajouta :

— Ne croyez-vous pas que cela vaut bien mieux que d'aller guerroyer en Poitou sous les ordres de l'Amiral, homme grave et austère, rageur et sans bonté pour le soldat? Ah! non, certes!

Le partisan répondit distraitement :

— Pas grand'chose. Ils sont gardés ici, dans quelque coin; je compte me servir du jeune homme prochainement. Lorsque j'aurai à inspirer confiance dans quelque pourparler hasardeux je l'emmènerai avec moi. Il est d'une telle simplicité qu'il rassurerait un troupeau de timides brebis. Mais, au fait, je ne vous l'ai pas encore présenté! Demain,

M. HENRI ÉCOUTAIT TOUJOURS.

Il ne me reverra pas, celui-là. J'ai été assez bête pour servir sous lui l'an dernier, et pour toute récompense il a voulu un moment me faire pendre parce que j'avais brûlé un couvent et tué tout dedans. Voyez-vous cette misère?

Le sieur de Véragues haussa les épaules et siffla entre ses dents. Il s'était levé brusquement, et son ombre, aux hasards de sa marche à travers la longue pièce, paraissait et disparaissait suivant les jeux de lumière.

— Qu'avez-vous fait de ces deux bélîtres que nous avons pris dans la journée? demanda M. de Villenave.

en marche, je vous ferai deviser avec lui pour votre plus grand avantage. Vous savez bien, la fameuse lettre de Montpensier, c'est lui qui en était le porteur.

Et, se tenant la cuirasse aux flancs à force de rire, le sieur de Véragues raconta à M. de Villenave l'histoire de l'hôtellerie du *Cancre volant*.

M. Henri écoutait toujours; la colère le gagnait enfin. Irrité d'être ainsi joué par le chef huguenot, il se jura bonne vengeance. Jacquot, furieux, voulait élargir le trou, tomber sur les deux braves et les tuer pendant leur veillée d'armes. M. Henri fut le plus raisonnable.

— C'est, dit-il, nous exposer inutilement à une mort certaine. Nous pouvons mieux faire. Tu vas préparer notre évasion si tu la crois possible, et pendant ce temps je recueillerai tous les renseignements que ces deux misérables pourront me fournir.

Et il se recolla l'oreille à la fente du plancher. Maintenant les chefs de groupes venaient un à un prendre les ordres et le mot de passe. C'était *Condé et Sancerre*, à quoi l'on devait répondre : *Les chemins sont semés d'étoiles*. Puis Jacquot lui poussa le coude, car il avait fait son inspection et reconnu que la porte était gardée par deux arquebusiers couchés en travers. Mais du côté de la fenêtre il y avait quelque chance, car elle donnait sur une cour intérieure, et une charrette de fumier était appliquée le long du mur. Cependant un homme en faction, et dont les armes brillaient sous la lune, allait et venait dans cette cour, mais on n'y voyait point d'autres soldats.

— Voyez-vous, monsieur, la chose est bien simple. Comme j'ai mon épée et ma dague, je prends l'une et l'autre, je saute sur le fumier pendant que l'homme a le dos tourné, de là à terre, je l'expédie, et nous prenons la clef des champs. Ne sautez pas surtout si vous entendez crier, mais aidez-moi à remonter rapidement avec cette corde.

Et il montrait une forte corde roulée dans un coin. M. Henri allait lui recommander de ne pas verser inutilement le sang, mais déjà le valet avait franchi l'étroite lucarne. A vingt pieds sous lui se promenait la sentinelle, à dix pieds s'allongeait la charrette. Laissant l'homme s'éloigner, il saisit bien le moment et sauta sur le fumier, dont l'épaisse couche amortit sa chute. Mais sous son poids la charrette grinça. Le soldat se retourna brusquement en soufflant sur la mèche de son arquebuse, l'oreille au guet. Il crut s'être trompé, regarda la fenêtre, les murs, ne vit rien et reprit sa promenade automatique, la tête enfoncée dans les épaules, à moitié endormi, songeant avec ennui qu'on ne viendrait point le relever avant une heure peut-être.

Il était alors environ deux heures du matin. La lune éclairait tout d'une lueur blanche. Et, saisi d'inquiétude, M. Henri attendait, à plat ventre, près de la lucarne, la suite de l'entreprise de son valet. Celui-ci ne semblait point se décider, ou, perdu dans l'ombre, ne se laissait point voir. Tout à coup cependant son ombre se détacha sur le mur d'en face. En trois enjambées il fut sur la sentinelle, puis deux corps roulèrent à terre, et M. Henri n'entendit plus rien.

Quelques instants s'écoulèrent, qui lui parurent durer des siècles, et à travers un bourdonnement confus arrivaient à ses oreilles les éclats de voix de M. de Villenave qui gourmandait un bas officier pour avoir laissé enivrer son monde, incapable, paraissait-il, de monter à cheval à cette heure pour aller à la grand'garde.

Cependant on remuait du côté de la charrette, et la voix de Jacquot se fit entendre, légère comme un souffle.

— Attention! Le parpaillot dort, je l'ai étranglé avec mes deux mains, vous pouvez descendre. Jetez d'abord une à une vos armes et mes pièces d'armures... Bien. Est-ce tout? Soyez assez bon pour me jeter aussi mon chapeau de fer...

Là, doucement. N'avez-vous rien oublié?

Ce petit déménagement effectué, M. Henri sauta à son tour sur la charrette; un instant après il était à terre, où, sans perdre un instant, Jacquot l'arma. Puis, en homme pratique, le valet prit la cuirasse du huguenot et son arquebuse, sans oublier son écharpe blanche dont il ceignit son maître. Quant à lui, il noua autour de son bras son mouchoir blanc et tous deux se dirigèrent vers la porte.

Mais ils la trouvèrent fermée.

Ce désappointement mit M. Henri au désespoir. Trop hauts pour être escaladés, les murs ne présentaient point d'autre issue que cette porte. La lune se voilait de nuages, on ne voyait presque plus rien, ce qui était sans doute un avantage, mais d'un moment à l'autre on pouvait venir relayer la sentinelle.

Et l'on vint en effet la relever. La porte grinça, tourna sur ses gonds, un homme entra avec une lanterne sourde fichée au bord de sa rondache qu'il portait au bras gauche, et tenant de sa droite un esponton. Il était suivi de six soldats munis d'arquebuses, et tous étaient tellement ivres que leurs cuirasses s'entre-choquaient comme des bouteilles en un panier secoué par une servante.

— Couchez-vous sous la charrette, avait eu le temps de dire Jacquot à M. Henri, et ne bougez plus.

Et Jacquot se mit au port d'armes, après avoir baissé jusqu'au bout de son nez la visière de sa bourguignotte et relevé le col de sa casaque. Le chef de poste était tellement gris qu'il ne demanda ni ne prit le mot d'ordre et ne s'arrêta pas à regarder Jacquot; ses compagnons montrèrent pareille indifférence. On replaça un autre factionnaire, et Jacquot sortit le dernier, tira la porte et en mit rapidement la clef dans sa poche. Le bas officier s'en alla de son côté, ses hommes se couchèrent sur des bottes de paille le long des murs, et Jacquot sembla un instant les imiter.

Un quart d'heure après il rentrait dans la petite cour et donnait à la sentinelle le mot d'ordre qu'il avait entendu donner par le sieur de Véragues. Puis d'un air important il lui recommanda de faire bonne garde. L'autre complètement ivre, appuyé le long du mur, le regardait dormant à moitié. Jacquot eut un moment l'envie de lui planter sa dague dans la gorge, mais il trouva plus plaisant d'agir autrement; d'ailleurs l'homme pouvait crier. Il le secoua donc violemment et lui parla ainsi :

— Vous savez bien, les deux prisonniers que vous gardez, eh bien! ils sont morts. On les a tués tout à l'heure et ils ont été jetés par la fenêtre... Est-ce que vous connaissiez l'homme qui montait la garde avant vous? Il était tellement ivre qu'il ne s'est aperçu de rien.

L'homme répondit qu'il ne le connaissait pas du tout, car lui n'était pas du pays et n'arrivait que d'hier. Quant à la sentinelle qui l'avait précédé, il croyait que c'était un Allemand.

— Cela ne m'étonne pas, reprit Jacquot, mais, comme vous êtes un brave garçon, je vous invite à fouiller avec moi les poches des morts : à vous celui-ci, à moi l'autre.

Et il mena le huguenot vers le cadavre de la sentinelle, qu'il **avait** dissimulé derrière un toit à porcs. Le soldat se mit à chercher dans les chausses du défunt. Très occupé de cette profitable besogne, il ne vit pas que Jacquot faisait lever M. Henri; et tous deux s'enfuirent lestement, refermant la porte à clef, cependant que le huguenot retournait les poches du mort. Ils tombèrent dans des cours, mais où tout le monde dormait. Enjambant les dormeurs étendus, ils gagnèrent sans difficultés la grande porte et jetèrent rapidement le mot d'ordre au corps de garde. On les laissa passer sans défiance. Au reste, un tel va-et-vient d'hommes et de chevaux agitait le quartier qu'ils circulaient sans se faire remarquer.

— Il s'agit maintenant de trouver des montures, déclara Jacquot. Voilà là-bas des feux de cavaliers. Si vous le voulez bien, monsieur, nous allons nous pourvoir. Mais veuillez m'attendre derrière cette butte, j'ai l'habitude de ces aventures.

M. Henri n'insista pas, il avait maintenant toute confiance dans son valet. Et, tout en remerciant Dieu de l'avoir tiré des mains de ses ennemis, il le remercia avec non moins de gratitude de lui avoir permis de trouver un pareil serviteur. Cet homme extraordinaire revint dix minutes après tenant en main deux grandes bêtes bien harnachées et munies de muserolles de fer ajourées.

Puis, quand ils furent à cheval, ils se dirigèrent vers les vedettes les plus avancées, leur jetèrent le mot d'ordre, et Jacquot eut même l'imprudence de demander à un de ces cavaliers du feu pour les mèches des pistolets qu'il avait pris en même temps que les chevaux.

— Mon ami Jacquot, tu es un homme

précieux, et si j'avance quelque peu en ce monde, ce qui est à espérer, je te promets de songer à ta fortune. Après ce que nous avons vu et passé aujourd'hui, je crois tout possible. Si tu m'en crois, continuait M. Henri, nous irons à ce Saint-Michel, que veulent piller les huguenots, et prévenir les bourgeois du plus vieux des échevins reçut M. Henri et n'eut pas de peine à le croire. Puis il le supplia de prendre quelque peu de repos, le logea chez un sien ami, un vieux bourgeois du nom de Pierre Jalot qui avait une belle maison dans la rue Neuve, et réunit immédiatement l'échevinage.

danger qui les menace. Tu dois connaître la route. En avant! je te suis.

Et piquant des deux, tournant le dos au quartier de ce bon M. de Véragues, M. Henri et Jacquot se dirigèrent vers Saint-Michel.

III

Ils galopèrent tout le reste de la nuit, et au matin ils arrivèrent devant Saint-Michel, se firent ouvrir les portes et déclarèrent avoir des nouvelles d'importance à apprendre aux magistrats. Le

Le capitaine La Plommée, subitement interrogé, se troubla, se coupa dans ses réponses, de telle sorte qu'on n'hésita pas à le faire arrêter. On décida que les portes de la ville resteraient fermées, on doubla les gardes, on arma tous les gens de bonne volonté, et le capitaine Heurtebise, un vétéran des guerres d'Italie qui était venu là planter ses choux, fut prié de prendre le commandement de la ville et du château.

Aussi, quand, sur le coup de une heure après dîner, le sieur de Véragues se présenta aux portes, il les trouva fermées et dut longuement parlementer avant que de pouvoir entrer.

Il était venu sans se presser, après être parti de grand matin et avoir brûlé ses quartiers, habitude qu'il avait prise des Allemands, dont il aimait la brutalité et les déprédations. Au reste, il en avait maintenant près de trois escadrons complets, de ces fameux reîtres qui étaient la meilleure cavalerie mobile dont on pût se servir en campagne.

Ces mercenaires, tous Allemands, officiers comme soldats, portaient l'armure complète noircie à bandes blanches polies. Leurs jambes seules n'étaient point munies de fer, mais leurs grandes bottes étaient prises dans les genouillères de leurs longs cuissots imbriqués comme la queue des écrevisses. Leurs casques étaient des bourguignottes à longues visières et à masque pouvant cacher le visage. Leurs gantelets habillaient les bras jusqu'aux coudes. Leurs chevaux portaient des muserolles de fer. Et, quand il pleuvait, l'homme et la bête s'abritaient sous une épaisse houppelande. Les reîtres combattaient en escadrons serrés et épais, et, quand ils chargeaient au trot, le premier rang arrivé à bonne portée déchargeait ses pistolets, puis, s'ouvrant par un à gauche et un à droite, découvrait le second rang qui tirait à son tour, et, chaque rang ayant tiré, allait se reformer en arrière pour recharger ses armes.

Il y avait encore d'autres cavaliers : des arquebusiers à cheval, quelques gendarmes, beaucoup d'aventuriers plus ou moins gentilshommes, combattant avec l'épée et le pistolet.

L'infanterie renfermait des gens de toutes races : des Anglais, des Gascons, des lansquenets allemands, des miquelets espagnols, des Provençaux, des Périgourdins, l'écume de tous les peuples, la sentine de toutes les armées, tous les déserteurs, les traînards, les pillards, les valets de guerre, le rebut des bandes de l'Amiral, ce qui avait survécu à la bataille de Jarnac, aux exécutions de MM. de Montpensier et de Tavannes. Telle était l'armée de M. de Véragues.

Quant à lui, son histoire était simple. Gentilhomme poitevin, il avait eu du bien mais l'avait vite dissipé en débauches. Il s'était fait soldat et avait même eu une compagnie de cinquante chevau-légers. Mais la faveur du roi l'avait abandonné, car il avait toujours donné, au cours de ses fonctions, des sujets de mécontentement.

Joueur, buveur, querelleur, pillard et voleur par-dessus tout, il avait eu des duels sans nombre dont beaucoup passaient pour autant d'assassinats. Obligé de renoncer à faire la guerre avec l'armée royale, les soulèvements des protestants fournirent un champ inespéré à son activité, à lui comme à bien d'autres. N'ayant jamais eu de religion, ne croyant ni à Dieu ni à diable, il se fit facilement huguenot et s'en trouva bien.

Dès lors la France lui appartint tout entière. Il n'y eut pas de combat, de surprise, d'escarmouche, de pillerie, de saccagement, d'incendie, où il ne prît sa part. Sa seule vertu était le courage, son seul plaisir la violence et le meurtre, sa seule passion l'or et la vengeance, et surtout une haine déterminée contre M. de la Châtre, qui l'avait fait emprisonner au château de Loches, d'où il s'était échappé, puis proscrire et mettre au ban du royaume.

Connu avantageusement en toutes provinces, il changeait sans cesse de nom. Mais pour cette fois, se sentant en force, il ne daigna point le cacher et fit demander aux autorités de Saint-Michel l'entrée de la ville, car il avait à parlementer au sujet de la condition des huguenots sur les confins du Berry et du Poitou.

On le laissa pénétrer dans la ville, tout en faisant bonne garde. Mais il fut convenu qu'il n'entrerait qu'avec dix hommes pour lui servir d'escorte; il lui fut donné un sauf-conduit et on lui remit cinq bourgeois en otages. De son côté, le sieur de Véragues dut fournir cinq de ses officiers en garantie.

Vers trois heures de l'après-midi il fit son entrée en grande pompe, avec sa belle armure et monté sur un magnifique cheval. Cinq cavaliers le précédaient, portant des drapeaux blancs autant comme insignes de parlementaire que comme marque du pouvoir militaire qu'il s'était arrogé. Car, si le drapeau blanc était l'enseigne colonelle que le roi seul avait le droit de conférer aux commandants de ses régiments, les huguenots rebelles avaient usurpé cette faveur, et M. de Véragues se prétendait colonel de par MM. les princes.

Son inséparable compagnon, M. de Villenave, marchait botte à botte avec lui, prétendant se faire rendre les honneurs dus aux mestres de camp. Et quelques arquebusiers à cheval fermaient ce cortège, précédé par le trompette de la ville portant les couleurs du roi et celles de la cité.

Le sieur de Véragues mit pied à terre devant la maison de ville et pénétra dans la salle du parloir aux bourgeois. Les magistrats l'attendaient, revêtus de leurs robes, et lorsqu'il entra le doyen se leva à peine et les autres restèrent assis. Un silence profond régnait, on entendait tinter les molettes des éperons du chef huguenot. Il remit à son page son casque et ses gantelets, s'avança jusque près de la table où siégeait le conseil et commença son discours avec la plus complète assurance.

— Ce n'est point à moi, messieurs, que vous avez affaire, mais bien au colonel représentant MM. les princes armés pour la défense de la religion réformée. Investi par eux de l'autorité, j'en connais tous les devoirs, j'en suis prêt à supporter toutes les charges. Si nous sommes entrés en vainqueurs dans votre pays et dans vos villes, c'est pour défendre la justice et rétablir le culte en dépit des manœuvres et des vaines résistances de quelques ambitieux éhontés. Les pleins pouvoirs qui m'ont été remis me permettent de frapper d'impositions les villes que je considère comme rebelles, et rebelles sont celles qui ont chassé les protestants, proscrit leur culte, persécuté leurs ministres. Sans plus user de paroles inutiles, je vous somme de me fournir, en ce jour, vingt mille écus d'or comme composition. Moyennant telle somme je me retirerai avec mon armée sans porter atteinte ni à vos personnes ni à vos biens. Que si vous refusez, nous vous traiterons suivant le droit de la guerre, et je ne répondrai plus ni de vos vies ni de vos fortunes. Réfléchissez.

Le doyen se leva. On avait approché un siège; mais M. de Véragues demeura debout.

— Notre réponse sera brève, répondit le vieux magistrat, et telle qu'il convient à de loyaux sujets. Nous avons ici l'honneur de représenter le roi. — tous se découvrirent, — et jamais il n'a donné ordre à ses serviteurs de pactiser avec les rebelles. Sans vous demander de nous faire preuve des pleins pouvoirs que les princes vous ont confiés, nous

vous disons : « Allez répéter à ceux qui vous envoient que les bourgeois de Saint-Michel sauront repousser par la force l'injustice armée. » Aucune loi divine ou humaine ne vous permet de venir rançonner une cité royale. et si. par une faiblesse dont nous avons à rougir, nous vous avons écouté, croyez bien que ce n'est point la peur que nous inspire une poignée de factieux, débris d'armées d'un parti que les lieutenants du roi ont défaites partout où ils les ont rencontrées.

Frémissant au dedans d'une folle colère. M. de Véragues fut assez maître de lui pour ne point la laisser éclater. Immobile comme une statue de fer, il écoutait le vieillard parler. Mais son visage devenait de plus en plus pâle, et un pli profond divisait son front.

— Il ne tiendrait qu'à nous, continuait le doyen, de vous arrêter séance tenante. de vous faire votre procès et de vous faire exécuter par la main du bourreau. Fidèles à la parole donnée, nous vous laisserons partir, mais ne prenez pas pour un mouvement de crainte la patience qui nous a portés à vous écouter. Retirez-vous donc, et n'oubliez pas que les lettres royales qui vous déclarent traître et rebelle et vous mettent au ban du royaume sont affichées ici comme partout et que vous auriez pu les voir placardées à la porte de cette ville que vous prétendez occuper.

M. de Véragues avait fait deux pas en avant.

— Fous et insensés que vous êtes, s'écria-t-il avec une colère calculée, êtes-vous à ce point dénués de raison pour risquer ainsi, sous un bien spécieux prétexte, votre existence, celle de vos femmes, de vos filles. de vos enfants? Sera-ce le roi, dont vous êtes les féaux serviteurs, qui viendra à cette heure vous tirer de mes mains? Où sont les forces dont vous disposez pour ainsi parler en maîtres?

Et, d'un air méprisant, il se tournait à demi vers les gardes bourgeoises dont la tenue peu martiale ne commandait guère le respect.

— Ah! oui! elles sont belles, vos troupes! si vous croyez que c'est avec de pareilles phalanges que vous aurez raison de mes gens, je puis vous dire que grande est votre erreur. Vous vous en mordrez les pouces, braves gens, et cruellement! Mais vous l'aurez voulu, et quand vous vous verrez pendus à vos fenêtres, quand vous verrez vos maisons flambées, vos épouses et vos enfants aux mains des reîtres, il sera trop tard pour réfléchir, car votre ville ne sera plus qu'un monceau de cendres, sauf vos églises, peut-être, où je logerai mes chevaux. J'ai dit vingt mille écus d'or : c'est peu, à mon sens, pour éviter de pareils désagréments. Payez donc, si vous m'en croyez. Le roi, que vous aimez tant, vous fera remise de cette somme, car vous alléguerez, pour ne pas payer la taille, que vous n'avez pas été secourus.

— Notre résolution est bien prise, et nos propos sont aussi fermes que les vôtres, reprit le magistrat. Les échevins et les notables ici présents sont de cet avis : que tout est préférable à devenir traître à son roi. Fussions-nous entre les mains des rebelles que nous leur jetterions à la face l'opprobre que méritent les traîtres à leur Dieu et à leur roi.

— Remettez-vous en mémoire la façon dont nous avons traité Bourges, la destruction du bourg de Déols, les ruines de l'abbaye de Fontgombault.

— La vue des effets du crime rafraîchit les résolutions du juste; la désolation des choses ne porte point atteinte à la fermeté de son cœur.

— Quand je voudrai, je serai maître du château !

— Nous en doutons, car votre ami le capitaine La Plommée est à cette heure en prison.

Cette nouvelle inattendue exaspéra le colonel huguenot. Rapprochant cet incident de l'évasion de Henri de Puymonceaux, il se promit une vengeance terrible. A ce moment on entendit un coup de canon. Tous tressaillirent, et le doyen, menant M. de Véragues à la fenêtre, lui montra un gibet où se balançait un pendu au-dessus d'une foule pressée.

— Voici votre ami La Plommée, monsieur le colonel. Que cet exemple vous profite !

— Mort et damnation ! rugit le partisan. Bourgeois insensés et stupides, ceci passe la mesure, et vous m'en donnerez satisfaction. Quel est celui d'entre vous qui a osé prendre sur lui le meurtre de mon vieil ami?

Terrible, il se dressait près de la table. Les bourgeois, pris de peur, car le courage des honnêtes gens est en général petit au prix de celui des malfaiteurs, se tenaient cois. La plupart d'entre eux, dix sur douze qu'ils étaient, regrettaient de ne point avoir donné l'argent, une somme moindre peut-être : on aurait, en définitive, pu s'arranger.

— Lequel de vous? répétait le colonel d'une voix sourde.

Le doyen se leva et, le regardant dans les yeux :

— Moi, monsieur, fit-il froidement.

Le bras du soldat s'était levé. A la volée il souffleta le magistrat par-dessus la largeur de la table. Tous se levèrent indignés, les gardes s'élançaient pour l'arrêter, mais se tournant vers eux :

— Qu'un seul d'entre vous me touche, et vous serez tous pendus dans une heure!

Maintenant il se retirait au milieu de la stupeur commune ; son audace les avait tous mis en consternation. En vain le doyen criait qu'on l'arrêtât, aucun ne voulait, n'osait s'en charger. Il était déjà à cheval qu'aucune décision n'était prise, et, se haussant sur ses étriers, il cria à quelques-uns qui le regardaient des fenêtres :

— Ce sera donc trente mille écus, puisque nous n'avons pu nous entendre.

Cependant il pressait son allure. Bien lui en prit, et surtout d'avoir envoyé ses arquebusiers occuper le pont-levis, car on essayait de le lever, on tirait des coups de mousquet, déjà les milices accouraient en désordre. Mais M. de Villenave, qui ne le quittait point et avait toujours les mèches des pistolets prêtes, brûla la cervelle à l'un des portiers, tandis que M. de Véragues en assommait un autre d'un coup de pommeau d'épée, sans autre dommage qu'une arquebusade dedans ses armes qui étaient à l'épreuve. Les huguenots tirèrent sur les plus audacieux assaillants ; le pont-levis fut franchi à temps, car, lorsqu'il se releva, ils étaient tous dehors, et la décharge générale des catholiques cribla le tablier d'épais madriers de chêne. Alors on tira du haut des murs ; mais les gens de la religion étaient déjà loin, d'autres revinrent escarmoucher, et l'on s'arquebusait à cinquante pas, on commençait à se tuer du monde.

Irrités de l'outrage fait à leur magistrat, les gens de Saint-Michel voulurent en tirer une éclatante vengeance. Saisissant les otages remis par le sieur de Véragues, ils eurent le grand tort de les pendre aux merlons du parapet, en vue des huguenots qui poussaient des cris de mort. Ces otages étaient de nouveaux convertis et dont le zèle était peu sûr : aussi M. de Véragues les avait-il choisis exprès, sachant bien quel sort les attendait. Il affecta cependant la plus vive douleur et permit de mettre à mort les otages livrés par les gens de Saint-Michel, mais, comme c'étaient des gens assez riches, on préféra les faire payer. Ils donnèrent des garanties sûres, sauf deux qui ne furent pas jugés solvables. On les arquebusa donc, et leurs têtes dressées sur des piques furent plantées sur le glacis d'où les assiégés les voyaient et pouvaient bien les reconnaître.

Ce succès d'avoir échappé à la surprise de leur ville eût dû suffire aux gens de Saint-Michel, car leurs murailles et leurs fossés les protégeaient contre les entreprises immédiates des huguenots. Mais la jeunesse de la ville, excitée et brûlant de combattre, résolut de pousser une sortie, et M. Henri était des premiers à vouloir charger les bandes de M. de Véragues, bien que Jacquot, qui savait par expérience que les coups sont plus vite reçus que donnés, fît tout ce qu'il pût pour le détourner de ce projet téméraire.

— Croyez-moi, monsieur, disait-il, j'ai fait longtemps la guerre et puis vous assurer que l'on est plus à l'aise derrière une bonne muraille qu'en rase plaine, surtout contre ces gens-là qui ont tout à gagner et rien à perdre. Pourquoi ne vous amusez-vous pas à les tirer du haut du mur avec une bonne arquebuse ? C'est un excellent exercice et où je vous aiderais volontiers.

Mais M. Henri n'écouta point ces sages conseils. D'ailleurs, l'importance qu'il prenait dans la ville depuis son

EN VAIN LE DOYEN CRIAIT QU'ON L'ARRÊTAT.

arrivée le grisait un peu. Et, avec une centaine de jeunes gens, il résolut de tailler les huguenots en pièces, soutenus qu'ils seraient par la milice de la ville et la garnison du château.

Aussi vers quatre heures du soir opérèrent-ils une furieuse sortie. Toute cette troupe à cheval fondit sur les avant-postes huguenots qui lâchèrent pied. Les milices se déployant derrière eux refoulaient les troupes en désordre, remplissant à mesure les buissons de tirailleurs, avançant de plus de cinq cents pas, tandis que les huguenots semblaient reculer.

Mais ils avaient compté sans M. de Véragues, qui, à la tête d'un épais escadron de reîtres, s'abattit sur eux comme un nuage noir et les décima à coups de pistolet, tandis que M. de Villenave, la demi-pique en main, menait cinq compagnies de gens de pied qui eurent vite fait de déloger les milices de leurs petits postes et de les rejeter vers leurs fossés, où elles trouvèrent pour achever leur ruine une nuée d'arquebusiers protestants qui leur fermaient la retraite du côté de la ville.

La garnison dut sortir pour les dégager, et, grâce à quelques hommes d'armes qui chargèrent les arquebusiers protestants à coups de lance, la plus grande partie put rentrer. Mais les gens de pied de M. de Villenave accoururent à la rescousse, le pont-levis fut bientôt occupé, une mêlée terrible s'engagea dessus, les combattants roulaient dans le fossé et s'y noyaient sans secours. Les hommes d'armes chargèrent avec courage, mais ils n'étaient que douze, et leurs lances se brisaient trop vite. Dans une dernière charge, ils tirèrent leurs estocs et firent une trouée qui débarrassa le pont-levis. Puis ils rentrèrent dans la ville, et la herse fut descendue, car le pont-levis était abaissé et ne pouvait plus se relever, une chaîne ayant été brisée à coups de hache par les huguenots, qui, sur vingt attelés à cette besogne, ne restèrent que trois. Cependant on avait traîné deux petits canons que l'on appelait des pélicans, et on tirait sur les réformés à travers la herse; deux coulevrines les fauchaient du haut des remparts, mais ils abattaient les canonniers à coups d'arquebuse, et un pétard attaché à la herse la faussa en partie. De ce côté la rentrée n'était plus possible pour les gens de la sortie; la plupart des piétons furent tués, mais ceux qui étaient à cheval, et du nombre était le baron Henri de Barengeon, firent un détour et rentrèrent par une poterne située à l'opposé de la grande porte et s'ouvrant dans l'eau. Là encore dix se noyèrent, si bien que, sur trois cents citoyens sortis, plus d'un tiers perdit la vie dans cette affaire; quant à Jacquot, il avait disparu lors de la charge des reîtres, et on ne le revit pas.

M. Henri, désespéré de la perte de ce valet dévoué, qu'il considérait comme un frère d'armes, voulait se lancer parmi les huguenots, mais on l'empêcha de sortir.

Il avait d'ailleurs mieux à faire maintenant. Car il fallait sans perdre un instant renforcer la porte, y établir une double barricade et repousser les assaillants qui s'y pressaient et entretenaient un feu épouvantable de mousqueterie. On avait beau du haut du mur les cribler de coups d'arquebuse, les assommer avec des pierres, ils gagnaient du terrain, avaient rompu la herse et se logeaient sous la voûte. Puis on vit arriver une charrette remplie de bois et de branchages ; des hommes la poussaient par derrière en s'en faisant un abri. Elle s'engagea sous la voûte, et ses brancards heurtèrent la barricade comme un bélier, s'y engagèrent, s'y brisèrent.

On y avait mis le feu : tous s'éloignèrent. Les flammes montaient, dégageant une chaleur insupportable, les gens de la barricade durent reculer. Poussées par le vent qui s'engouffrait sous la voûte, les flammes se faisaient plus hautes, léchaient les pierres qui se calcinaient, le crépi craquait, les débris de la herse se tordaient, devenaient rouges, blancs, se fondant dans la fournaise.

Et tout à coup un choc effrayant, un tremblement sourd, une explosion formidable. Deux caisses de fer bourrées de poudre venaient d'éclater. La terre parut trembler. La voûte s'effondra, ruinée, la barricade fut balayée, ses deux pélicans chassés de leurs affûts. La charge avait été si bien combinée que le pont-levis ne bougea pas, comme le fit remarquer dans la suite avec un légitime orgueil l'hôtelier du *Cancre volant*, auteur de cette machine de guerre, car il avait jadis été bombardier au service du roi.

Par la brèche ouverte, les huguenots se précipitaient en rangs pressés, ayant à leur tête M. de Villenave. Quant au sieur de Véragues, il disposait des piquets de cavalerie tout autour de la place pour que personne n'en pût sortir.

La résistance se concentra derrière la seconde barricade en demi-lune que l'explosion n'avait point renversée. Les abords en étaient rendus presque impraticables par la quantité de débris projetés par la force de la poudre. Mais l'espoir du pillage donnait des ailes aux moins agiles, et tous se pressaient à l'assaut, roulant parmi les pierres, les poutres carbonisées et fumantes, les morceaux de fer encore rouges. On s'arquebusait à bout portant. A force de hallebardes, de pertuisanes, de couteaux de brèche, ceux du dedans repoussaient les assaillants qui les chargeaient avec des piques, les lardaient à coups d'épée. Puis ils se joignaient corps à corps, se tirant des coups de pistolet de si près qu'ils se manquaient et se brûlaient les cheveux et le visage ; les vêtements flambaient. Les têtes étaient fendues à coups de coutelas, on se poignardait avec les dagues, et ceux qui allaient mourir mordaient les jambes qui n'étaient point armées de fer. Qui parlait de se rendre était égorgé avant d'avoir pu crier merci. Des salves de mousqueterie éclataient, pressées, puis cela cessait, et l'on n'entendait plus que les froissements du fer, le clair son des casques résonnant comme des timbres sous les coups d'épée et de crosse, la chute lourde des corps, les cris affreux des blessés éventrés, de ceux qui se traînaient avec les membres rompus et qu'on foulait aux pieds sans les voir, et la huée des gens qui s'exhortaient à pousser.

Sa grande enseigne blanche à la main, M. de Villenave était monté le premier sur la barricade ; il en fut précipité trois fois, toujours il remonta. Son armure, bleue et dorée, le désignait à tous les coups, et dans la cohue la plus épaisse on voyait onduler son panache d'autruche bleu frisé d'orange. Il combattait à l'épée, et quand il en avait brisé une il en demandait une autre. Il en usa ainsi quatorze dont une sur la bourgui-

LES HUGUENOTS SE PRÉCIPITAIENT EN RANGS PRESSÉS.

gnotte de M. Henri, qui lui tira un coup de pistolet en pleine tête sans le pouvoir même blesser. On eût dit le démon du mal, invulnérable et gigantesque. Comme l'ange exterminateur qui jadis plana sur l'Égypte, il moissonnait avec le glaive, et son grand drapeau flottant au vent l'enveloppait, sans qu'il s'embarrassât dans ses plis.

Maintenant il couronnait la barricade, dont les défenseurs étaient morts ou en fuite. De toutes parts s'élançaient les vainqueurs hurlant : « Ville gagnée! »

Alors M. de Véragues arriva, suivi de son escadron de reîtres, tous Saxons échappés au désastre de Jarnac. D'un coup d'œil il embrassa la scène et jeta ces simples ordres :

— Tuez tout! Et que le butin soit mis en commun!

Il enleva son grand cheval gris pardessus les débris de la barricade. Le suivirent ceux qui purent, voire même en se cassant le cou. Lui, sans se retourner, poursuivait les fuyards à grands coups d'épée à travers les rues de la ville, en criant à tue-tête : « Ville gagnée! »

IV

De rue en rue, de maison en maison, se continuait le combat, et il allait faiblissant, car les derniers défenseurs de la ville tombaient sous les coups des huguenots, et sur le massacre descendaient les ombres épaisses de la nuit. Les chaînes tendues, les barricades improvisées n'arrêtaient guère l'élan des assaillants, car devant eux la garnison refoulée avait dû battre en retraite jusqu'au château et s'y retrancher.

Les vainqueurs se répandirent alors dans les maisons, enfonçant les portes, commençant à piller et poursuivant à travers les chambres les survivants de cette tuerie, les faisant sauter par les fenêtres à coups de pique, n'épargnant point les vieillards, non plus que les femmes et enfants. Partout ils entraient en maîtres, se logeant comme chez eux, prenant tout ce qu'ils pouvaient emporter, brisant les meubles, forçant les armoires, cherchant partout l'or, l'argent et les objets précieux, mettant le feu au hasard et risquant de s'enfumer eux-mêmes et de périr dans les flammes.

Les plus grossiers ne songeaient qu'à remplir leurs poches, puis à pénétrer dans les caves et à boire tout leur saoul; les plus féroces cherchaient partout des créatures humaines à égorger ou à torturer, et ils s'amusaient à briser les enfants contre les murs, à pendre les femmes aux fenêtres par les cheveux ou par les pieds, ou à les brûler à petit feu pour leur faire dire où était caché l'argent. Et quand elles avaient tout donné, or et bijoux, ils en demandaient encore et les laissaient périr les jambes attachées dans le feu, hurlant la mort, jusqu'à ce qu'elles n'eussent même plus la force de crier. Dans une maison, des Espagnols, après avoir passé les hommes au couteau, firent rôtir les enfants et s'amusèrent à en manger devant la mère qu'ils avaient assise à table avec eux, liée dans sa chaise. Quand ils se décidèrent à la pendre, elle était devenue folle. Ils arrachaient les oreilles pour prendre plus vite les pendants, sciaient les doigts pour avoir les bagues qui ne voulaient pas passer. Une dame ne voulant pas dire où elle

DE RUE EN RUE SE CONTINUAIT LE COMBAT.

avait caché ses filles, des Gascons lui
arrachèrent les dents avec une paire de
tenailles, puis ayant trouvé les demoiselles et comme elles refusaient de leur
servir à souper et de leur faire de la
musique, ils les fouettèrent à mort
avec les chaînes du tourne-broche,
puis jetèrent leurs corps dans la rue.
D'autres attachées sur leurs lits furent
brûlées avec les paillasses qu'on faisait
flamber.

Ainsi les soldats huguenots purent-
ils se divertir toute cette nuit sans être
autrement inquiétés, car on leur avait
laissé toute licence de traiter la ville
comme il leur plairait, pourvu qu'ils
n'y missent pas le feu, car les flammes
vues de loin auraient pù donner l'alarme,
et M. de Véragues ne voulait incendier
qu'à son départ. Pour lui, aidé de
quelques gens plus pratiques, il cherchait à faire des prisonniers pour en
tirer de fortes rançons. Merveilleuse-
ment, l'hôtelier du *Cancre volant* le
servit en cette occurrence, car il connaissait sur le bout du doigt la fortune
des notables habitants de Saint-Michel.
Assistés de quelques hommes fidèles et
déterminés, ils couraient aux logis les
plus riches, recevaient la parole des
habitants terrifiés sous promesse de les
sauver de la mort, les faisaient garder
à vue et volaient à d'autres exploits.

Mais M. de Villenave ne rêvait que
meurtre et sang. Poursuivant les derniers combattants jusque sur les toits,
il les poussait dans le vide l'épée aux
reins, les abattait à coups de taille, les
perçait à coups de pointe sans recevoir
personne à merci, faisant jeter les
femmes par les fenêtres et lancer les
enfants dans les rues, où certains
s'amusaient à les recevoir sur la pointe

des pertuisanes. Toujours armé de
pied en cap, il trouvait moyen de pénétrer partout, courait sur le faîte des
murs, jusque sur la pointe des pignons,
massacrant sans pitié, excitant les siens
au carnage, marchant à la lueur des
torches, découvrant des victimes dans

des cachettes où jamais l'on n'aurait
songé à les chercher.

Son premier soin avait été de faire
arrêter le doyen des échevins et de
l'adresser à M. de Véragues, qui le lui
renvoya en lui disant de le mettre à
rançon et qu'il lui en faisait cadeau.
Car, en ce moment, le sieur de Véragues
venait de faire composer une riche
dame qui allait lui compter soixante-
dix mille livres pour racheter sa vie, à
elle et aux siens, et, tout à la joie de
cette aubaine, il en oubliait ses serments

de vengeance. Mais, sans être l'ami du capitaine La Plommée, dont le corps se balançait encore aux bois de justice, M. de Villenave, irrité de la mort de ce fidèle complice, résolut d'immoler à ses mânes le doyen Thomas Habert. Il fit

AINSI MOURUT CE JUSTE.

donc décrocher la dépouille mortelle du capitaine et pendre à sa place le vieux magistrat, non sans que ses soldats l'eussent accablé auparavant de coups et d'outrages. Ainsi mourut ce juste pour avoir défendu le bon droit et servi jusqu'au dernier moment Dieu et son roi.

Les autres membres du corps de ville étaient cachés ou prisonniers. La malheureuse cité n'avait plus d'autre loi que celle des hordes de pillards qui l'occupaient. Mais, au-dessus de cette désolation, au-dessus de l'orgie se déroulant dans les rues à la lueur des torches et des meubles en tas que les soldats s'amusaient à brûler, se dressait la haute et sombre silhouette du château, dont les défenseurs n'avaient point daigné répondre aux sommations. Le capitaine Heurtebise y veillait avec soixante hommes, débris échappés au massacre et représentant les meilleures troupes de la ville et de la garnison.

Du haut d'une des tours cornières, M. Henri, debout à côté du vieux capitaine, regardait cette scène de désolation. Les hommes courant dans les rues à la lueur des feux apparaissaient comme des ombres noires; d'autres découpaient leurs silhouettes dans les baies des fenêtres, et une rumeur vague montait, chants de victoire, refrains bachiques, hurlements et huées de mort, cris affreux des femmes qui montaient par instants avec une intensité lugubre. On ne distinguait point autre chose. Et, par moments, une détonation indiquait quelque nouveau meurtre.

Toute la ville, à cette heure, était au pillage, sauf l'église, qui paraissait abandonnée. Mais elle était gardée étroitement, car M. de Véragues, ayant su que là s'étaient réfugiés des familles opulentes et nombre de prêtres et de religieuses, avait remis cette importante exécution au lendemain.

M. Henri, que n'avait point endurci encore l'habitude des actions de guerre, regardait tout cela, pensant tristement à son fidèle Jacquot, qui, à cette heure, sans doute, dormait parmi les morts, et aussi à ce vieux brave homme, maître Pierre Jalot, dont la maison à sac ne renfermait plus peut-être que des cadavres. Il aurait voulu pouvoir lui porter secours, mais, entraîné dans la retraite des derniers combattants, il avait été porté par la foule jusque dans la forteresse, et c'eût été folie d'en sortir maintnant. Que pouvait-il faire contre toute

pait par-dessus tout, c'était de savoir ce qu'il était advenu de son vieil hôte de la rue Neuve. Il distinguait sa maison et en voyait une fenêtre éclairée.

« Peut-être a-t-il échappé à la fureur de ces misérables, se dit-il. Je donnerais je ne sais quoi pour aller m'en assurer! »

Il se rappelait maintenant l'assise

LA HAUTE ET SOMBRE SILHOUETTE DU CHATEAU SE DRESSAIT.

une armée? Et, d'ailleurs, son devoir ne l'enchaînait-il pas auprès du chef sous les ordres duquel il venait de jurer de se faire tuer pour le service du roi? Ainsi accoudé, seul, sur le parapet, — car le capitaine venait de se retirer, — il se laissait envahir par une immense tristesse, se sentant de plus en plus seul en ce monde, regrettant la perte du vaillant compagnon qui l'avait si habilement tiré, la veille encore, des mains des huguenots. Mais ce qui le préoccu-

solide de cette maison à un seul étage, bâtie en pierres de taille, longue et basse, dissimulée derrière les grands arbres de son vaste jardin. La façade ne s'en voyait de nulle part, et on y accédait par une porte percée dans un haut et massif mur de clôture surmonté de crocs aigus de fer et que l'on ne pouvait escalader. Ce mur allait en contre-bas de la rue, et même très profondément du côté du jardin. — Tous ces souvenirs de choses naguère indifférentes lui revenaient maintenant avec une singulière précision. Et il se remettait en mémoire le fossé intérieur rempli d'eau par le trop-plein d'un petit étang qu'alimentait une source vive, et le petit pont tournant à volonté. Tous détails que le vieux brave homme lui avait signalés comme choses curieuses et de l'ancien temps, car ce petit domaine avait jadis appartenu à un alchimiste, un peu sorcier, disait-on, suivant en cela la malveillance du peuple. Ainsi s'expliquaient ces précautions. Et, en lui montrant ces dispositions si particulières, son hôte avait même dit ces mots : « Cette maison pourrait soutenir un véritable siège, et, en cas de guerre, j'aimerais autant y rester que d'aller dans le château. »

Tout cela, maintenant, le rassurait un peu. Et il avait une prodigieuse envie d'aller retrouver ce vieil homme, de courir les aventures. Mais comment sortir de la forteresse, tout d'abord, sans être vu des sentinelles, et ensuite comment passer à travers les lignes ennemies qui l'entouraient?

Sauter dans le fossé plein d'eau était hasardeux; on l'aurait entendu, on aurait tiré sur lui. Et il avait toutes chances de se noyer, car les douves étaient escarpées, à pic, et il ne pourrait rejoindre le glacis.

Ainsi, perplexe et découragé, il inspectait les alentours, mesurant à l'œil la hauteur des murs, supputant la profondeur des fossés, pesant les chances et ne s'arrêtant à rien.

A force de regarder, il commençait à mieux distinguer les objets dans l'obscurité qui s'étendait sous lui, et il aperçut quelque chose de noir sur la surface de l'eau où la lune se reflétait comme en un miroir. Il reconnut enfin que c'était une barque. Très petite, elle semblait fixée au mur, et, au son qu'elle rendait en heurtant ce mur, il conclut qu'elle devait être attachée par une chaîne de fer. Mais au-dessus de lui, sur le chemin de ronde du réduit, les sentinelles allaient et venaient. Pourraient-elles le voir?

Plus de soixante pieds le séparaient de la nacelle. Il lui fallait une corde, et qui fût assez longue, car, armé comme il l'était, il ne pouvait songer à nager. Il arpentait la plate-forme de la tour, cherchant quelque moyen, quand, près de l'affût d'un petit canon, il heurta du pied un paquet de cordages. Sa résolution fut vite prise. Fixant solidement la plus forte corde qu'il trouva à un des merlons du parapet crénelé, il la jeta dans le fossé, aussi près qu'il put de la barque. Il réussit mieux qu'il n'avait espéré, car un clapotis sourd et un bruit mat lui apprirent qu'il avait atteint en même temps la nacelle et l'eau. La corde était donc de longueur suffisante. Un dernier examen lui prouva que personne ne pouvait le voir, et, recommandant son âme à Dieu, il commença sa périlleuse descente, raidissant ses bras, arc-boutant ses pieds au mur pour que ses armes ne sonnassent point contre les pierres.

Après quelques minutes de ce rude travail, il se trouva dans la nacelle; il s'y blottit, l'oreille au guet, reprenant haleine. Puis il leva le crochet de la chaîne que n'arrêtait heureusement aucun cadenas. Des avirons étaient au fond de la barque. Il se mit à ramer aussi doucement qu'il put, pagayant plutôt, car il avait peur que le bruit des manches contre les tolets ne décelât sa

IL COMMENÇA SA PÉRILLEUSE DESCENTE.

présence. Et il n'osait point dépasser la zone d'ombre du pied des murs pour gagner le glacis; il s'y résolut cependant et trouva un endroit où un éboulement de pierres rendait le talus abordable. Il prit terre, repoussa la barque du pied, puis s'étendit à plat ventre et commença à avancer ainsi vers le quartier vieux.

Une balle siffla à ses oreilles. Il

IL EXHIBAIT UNE ROBE GRENAT BRODÉE D'OR.

entendit la détonation d'une arquebuse. Tirant au juger dans la direction de la barque, la sentinelle venait de donner l'alarme. Mais lui s'en souciait peu maintenant; il avait pris son parti, décidé à se faire passer pour huguenot. Il n'eut aucune peine à traverser les lignes, car, à vrai dire, il n'y en avait point, les vainqueurs étant occupés à piller, à dormir ou à cuver leur vin. A chaque pas il lui fallait maintenant enjamber des cadavres raidis et aussi des ivrognes qui dormaient fraternellement côte à côte avec les gens qu'ils

avaient tués. A l'un d'eux il prit une casaque blanche qu'il endossa pardessus ses armes, à un autre une bonne arquebuse, et il alluma la mèche après un meuble qui se carbonisait. A mesure qu'il avançait, les embarras devenaient plus grands, des charrettes chargées de butin obstruaient la voie, et les morts jonchaient le sol parmi les flaques de sang. Dans une ruelle, à la lueur de cierges de cire fichés dans des bouteilles, des hommes armés de toutes pièces jouaient sur un cabinet de Hollande d'ébène incrusté d'ivoire. Ils faisaient sauter des dés et maniaient des poignées de pièces d'or en poussant des rires stupides ou d'affreux jurements, suivant les chances. Et ils interpellèrent M. Henri pour lui demander s'il ne voulait pas risquer quelques écus. L'un d'eux, debout, lui demanda s'il achèterait du bon velours pour se faire un manteau, du taffetas pour se tailler un pourpoint; cependant, à la lueur des cires dont le vent couchait la flamme, il exhibait une robe grenat brodée d'or, dont le devant du corps était en brocart de Lucques. Et à ses pieds gisait le corps de la femme qui l'avait portée; sa longue chevelure blonde épandue s'éparpillait dans la fange. Les bras raidis, repliés vers la face, portaient encore les mains crispées dans leur dernière détresse vers la gorge affreusement ouverte. Les yeux fixes et béants regardaient le ciel.

M. Henri avançait toujours. Sous sa bourguignotte d'acier, ses cheveux se dressaient d'horreur, la sueur froide d'une épouvante sans nom perlait à son front. Passant sous un balcon, il sentit quelque chose de lourd et d'humide glisser sur sa main; sa manche était rouge, couverte de caillots de sang : un cadavre pendu venait de lui frôler le visage de ses jambes nues. Il s'arrêta et s'appuya contre un mur. Maintenant il regrettait d'avoir quitté le château, jamais il n'eût pensé à de telles horreurs. Sa tête lui semblait vide ; il crut avoir perdu son chemin, ne point être parti, même. Après tout, il rêvait peut-être. Mais cette défaillance ne l'arrêta qu'un moment, et il se remit en route, retrouva enfin la rue Neuve et reconnut la porte de maître Pierre Jalot, qui était solidement fermée.

Un petit guichet, en façon de masque, s'ouvrait en son milieu. Henri essaya de regarder au dedans par les ouvertures des yeux de cette face en fer, mais il ne vit rien, tant la nuit était épaisse. Autour de lui régnaient seuls l'obscurité et le silence. La rue était déserte, car il n'y avait des deux côtés que de longs murs de jardins, et les pillards étaient à cent toises plus loin, dans les quartiers habités.

Crier était sans doute inutile et à coup sûr imprudent ; escalader le mur haut de dix-huit pieds, chose impraticable. M. Henri se décida à appeler par la face tournante.

— Monsieur Jalot ! Monsieur Jalot ! fit-il la bouche collée à celle du masque.

Le bruit d'une arquebuse dont on remontait le rouet lui fit reculer la tête, et il n'obtint pas de réponse. Par prudence il se retira au milieu de la rue. A ce moment il crut voir émerger une tête au-dessus du mur, puis le canon d'une arme briller. Un homme, sans doute grimpé sur une échelle, était là qui le tenait en joue.

— Au nom du ciel ! qui que vous soyez, ne tirez pas ! s'écria-t-il. Je suis un ami de monsieur Jalot : appelez-le sur l'heure !

— Qui êtes-vous ? fit la voix.

— Je suis le chevalier de Puymonceaux, que maître Jalot a reçu ce matin chez lui sur la présentation de l'échevin.

— Approchez, ordonna la voix.

Une lanterne sourde s'avança dans la nuit, au bout d'un bras, puis rentra. L'examen parut favorable, car la voix reprit :

— La rue est-elle libre ?

— Oui, pour le moment, mais j'entends du bruit du côté de la place du Marché. Ouvrez-moi donc sur l'heure, et sans tarder, car je puis être reconnu et poursuivi !

— Je vais vous ouvrir. Cachez-vous vite dans la baie de la porte !

M. Henri s'élança rapidement. Le battant joua puis se referma sur lui, sans bruit. Un instant après, une patrouille à cheval passait ; c'étaient des reîtres, et l'un d'eux frappa l'huis de son gantelet de fer en criant d'ouvrir, il menaçait de l'enfoncer et tira un coup de pistolet dans le guichet. Les verrous tinrent bon, M. Henri voulait envoyer à l'Allemand un coup d'arquebuse, mais l'homme à la lanterne le supplia de n'en rien faire.

— Il vaut mieux que l'on croie la propriété inhabitée, dit-il. D'ailleurs la porte peut résister à toutes les attaques, il faudrait du canon pour la faire sauter.

Et, laissant les reîtres s'acharner à frapper sur les solides madriers de chêne, ils s'avancèrent vers l'habitation. L'homme à la lanterne s'appelait Dubois et était l'intendant de M. Pierre

Jalot. Maintenant il reconnaissait bien

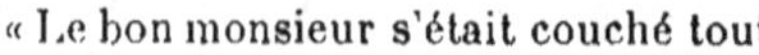

M. Henri pour l'avoir vu le matin chez son maître.

« Le bon monsieur s'était couché tout vêtu et essayait de dormir : mais il serait aise de voir monsieur Henri et on allait le réveiller. »

M. Pierre Jalot reçut à merveille son jeune ami et lui demanda des nouvelles. Quant à lui, claquemuré dans son logis presque inexpugnable, il n'avait aucun renseignement sur les événements du dehors. Mais il avait donné refuge à une dame qui avait pu s'enfuir à temps avant que son hôtel ne fût occupé, et recueilli deux heures après une jeune demoiselle qui était tombée faible de terreur à sa porte, poursuivie par un gros de pillards et ayant vu son tuteur et ses valets rouler derrière elle sous leurs coups.

— Ce sont les seules personnes que j'aie pu sauver, conclut-il.

M. Henri lui racontait les horreurs dont il avait été témoin, sa fuite du château, les difficultés de son entreprise, le désir qui le tenait de venir partager son danger. Le bonhomme l'en remerciait, mais il montra la plus vive douleur en apprenant la mort de son vieil ami, le doyen Thomas Habert.

— Il est mort en brave et loyal chrétien, comme je l'ai toujours connu, conclut-il en soupirant. Dieu nous accorde à tous une telle mort! Enfin, que voulez-vous, mon pauvre enfant, prenons courage en pensant que, si précaire que soit notre existence, nous sommes tous dans la main de Dieu! Notre situation n'est point bonne, il est vrai, mais elle n'est pas non plus désespérée. Si l'on ne force pas la maison en ce jour, nous avons quelque chance de salut, car le capitaine Heurtebise ne me paraît point homme à laisser les hérétiques maîtres de notre pauvre ville. Et, comme notre regretté doyen avait envoyé demander du secours dès votre arrivée, je ne serais pas étonné que le sieur de Véragues ait d'ici peu sur les bras quelques compagnies des gens du roi. Croyez-moi, prenez un peu de repos, et demain nous verrons ce qu'il convient de faire.

Mais la nuit ne s'écoula point qu'un pétard n'eût fait sauter la porte, et M. de Villenave en personne, à la tête d'une bande d'Allemands, envahit le jardin de maître Pierre Jalot, franchit le fossé et s'empara du logis. Les deux dames, folles de terreur, se réfugièrent près du vieillard, qui dut les défendre contre la brutalité de ces forcenés. Retrouvant un reste de vigueur, décuplée par l'indignation de voir ces misérables maîtres de sa maison, il s'empara d'une courte épée de chevet, chargea les huguenots, en abattit deux à ses pieds avec une prestesse sans égale. On allait le massacrer quand M. Henri, tiré de son sommeil par tout ce bruit, se dressa tout armé et, se lançant dans la presse, travailla tant et si bien à coups d'épée et de dague qu'il mit pour un instant M. de Villenave et ses gens en échec.

Retranchées derrière une table, les deux femmes ne pouvaient qu'adresser des prières au ciel, et encore la dame, râlant de peur, s'était-elle affaissée évanouie. La jeune fille suppliait la sainte Vierge de lui envoyer un sauveur. Et ce sauveur vint sous une forme inattendue, car ce fut le sieur de Véragues en personne qui entra pour prêcher la concorde.

Il avait entendu dire, en passant dans la rue Neuve, que M. de Villenave allait déconfire un riche bourgeois, et il s'était élancé pour empêcher cette exécution inutile et la faire tourner, au contraire, au mieux de ses intérêts.

— Voilà qui va pour le mieux, dit-il froidement en regardant cette scène de carnage, et cette résistance est pour nous montrer que ces messieurs et ces dames sont décidés à vendre chèrement leur vie.

Et, enchanté de son bon mot, il continua :

— Reste donc à savoir le prix qu'ils veulent y mettre; je serais, pour mon compte, assez partisan de cinq mille écus. Qu'en pensez-vous, monsieur de Villenave?

— Je pense qu'on devrait pendre d'abord ce vieux hibou et ces deux pécores. Quant à cet autre oiseau, fit-il en désignant M. Henri, je crois que nous ferons bien de l'arquebuser en deux temps, car vous savez ce que nous lui devons!

M. de Véragues envoya au jeune homme un mauvais regard :

— Vous avez une façon de reconnaître les bons procédés qui ne vous portera pas bonheur !

Et, comme lui voulait répondre, il lui imposa silence et le fit emmener par les hommes de son escorte en lui disant qu'ils se reverraient.

Puis, s'adressant à maître Pierre Jalot qui, brisé par ces émotions, était tombé assis dans un fauteuil :

— Écoutez, mon brave monsieur, si vous voulez me donner cinq mille écus, foi de Véragues, je vous laisse en paix avec votre aimable famille.

La dame, qui était de beaucoup la plus riche de tous, n'eut garde de répondre, car elle était morte de peur au courant de cette bagarre. La jeune fille allait cependant parler pour dire que son hôte n'avait point à se ruiner pour elle. L'homme de cœur alla au-devant de sa pensée et lui ordonna de se taire.

— Silence, ma fille, fit-il.

En la nommant ainsi, il la mettait à l'abri de la brutalité des huguenots, car, si décrié que fût M. de Véragues, on savait que sa parole valait de l'or.

— C'est bien, monsieur, lui dit Pierre Jalot, je vous donnerai tout à l'heure cette somme, mais je désire que le jeune homme qui m'a défendu soit compris dans ce rachat.

— Impossible ! reprit le sieur de Véragues d'un air sombre. Le compte que j'ai à régler avec lui n'est pas de ceux qui s'équilibrent avec des espèces sonnantes. Allez, vous autres, débarrassez le plancher ! Quant à vous, mon cher Villenave, vous êtes des deux tiers dans l'affaire.

Ainsi il congédia son monde, et, avec

Pierre Jalot, établit minutieusement la manière dont il serait payé et reçut un fort acompte dont il lui donna un reçu en règle. Puis il s'en fut en saluant le vieil homme très poliment, en adressant un compliment à la jeune fille, en faisant à la dame ses excuses pour sa liberté grande et sans s'apercevoir qu'elle était morte.

V

Maître Pierre Jalot, très abattu, restait enseveli dans une rêverie douloureuse ; à ses pieds étaient encore étendus les huguenots qu'il avait abattus avec l'aide du baron Henri. Et il pensait tristement au meurtre de son vieil ami le doyen, au sort du malheureux jeune homme qui s'était dévoué pour le sauver, et aussi à sa maison saccagée et forcée, à sa fortune compromise. En vain la jeune fille cherchait à ramener la malheureuse dame à la vie, tous ses soins ne pouvaient ranimer le cadavre. Elle appelait le vieillard à l'aide, mais lui, voyant ce qu'il en était, lui conseilla de prier pour la pauvre morte, et tous deux agenouillés cherchaient dans la prière la consolation de leurs maux.

Sous les fenêtres allaient et venaient deux arquebusiers préposés par M. de Véragues à la garde de ceux qu'il venait de rançonner. Les dernières étoiles pâlissaient au ciel, le soleil allait se lever.

Tout en cherchant à donner quelque courage à la jeune fille qu'il avait recueillie, le vieillard la regardait avec surprise, de plus en plus frappé d'une ressemblance étrange, qui s'exagérait et l'obsédait. Cette belle enfant, qu n'avait guère plus de seize ans, rappelait par la noblesse de ses traits, l'éclat de ses yeux, la suprême distinction de sa personne, la figure et l'air de sieur de Véragues, de Véragues le brigand, comme on l'appelait dans le pays. Mais à cela s'arrêtait cette similitude, car la hauteur, la dureté, la superbe qui assom-

nation, suivie de huées et de cris sauvages, les fit tous deux tressaillir. Sous la fenêtre, les deux huguenots riaient d'un mauvais rire comme si ce bruit eût été pour eux le signal de quelque fête. Mélancoliquement l'un proféra des regrets :

— On doit s'amuser là-bas !

CETTE BELLE ENFANT QUI N'AVAIT GUÈRE PLUS DE SEIZE ANS.

brissaient la mine du chef huguenot, étaient là remplacées par une grande douceur, par une franchise de regard, une grâce et une modestie qui rappelaient le visage de ces divines madones peintes par les vieux maîtres florentins, encadré d'admirables cheveux blonds qui, dans ce désordre, s'étaient épandus sur les épaules de la jeune fille comme une nappe d'or fondu.

Et machinalement il allait la questionner quand une épouvantable déto-

— Oui, reprit l'autre, c'est l'église dont la porte saute. Quel butin !

C'était en effet la porte de l'église Saint-Martial qui venait de sauter sous l'effort de plusieurs barils de poudre. Pressé de sollicitations par la troupe la plus fanatique de ses bandes, M. de Véragues avait dû leur accorder cette exécution. Ainsi les briseurs d'images célébraient-ils la gloire du soleil levant. Déjà ils s'étaient occupés à mettre en pièces les statues des saints qui décoraient le porche, et, sans souci de se faire écraser, ils grimpaient dans les ornements feuillus, se hissaient aux colonnettes, atteignaient les frontons, passaient des cordes au col des images et les tiraient hors de leurs niches où depuis des siècles elles priaient dans leur attitude immuable, perdues dans la dentelle de pierre. Les lourdes masses tombaient avec fracas, se divisant en tronçons; les éclats volaient blessant les barbares, qui poussaient des blasphèmes, applaudissaient avec des hurlements sacrilèges. Les figures trop solidement scellées ne se laissaient point toujours arracher, ils les criblaient de coups de pierres, de coups d'arquebuse. D'autres montaient avec des échelles et s'en allaient marteler les fines sculptures des linteaux, les frisures des tympans, les moulures des gâbles, les rampants artistement entaillés des pinacles et des clochetons.

Et ils prirent grande joie à réduire en miettes le grand saint Michel, patron de la ville, surmontant le principal portail. Maintenant ils faisaient voler les vitraux en éclats en y lançant des cailloux, des tessons, puis ils jetaient des immondices dans l'église et aussi des grenades allumées pour blesser ceux qui y étaient enfermés.

Les fortes pentures des portes soutenaient les ais, qui résistaient aux coups des haches et des pics, au choc des poutres, à l'effort des pierres. Mais, dès que le soleil fut levé, arriva M. de Villenave, suivi de l'hôtelier du *Cancre volant*, remplissant l'office d'ingénieur et de bombardier. Au milieu des cris d'enthousiasme, une forte saucisse de poudre fut glissée sous la porte, puis on y mit le feu et la porte sauta avec un bruit for-

midable. La foule était si pressée que les plus rapprochés furent aveuglés par l'expansion des flammes, trois huguenots furent tués du coup, sans compter cinq Allemands qui périrent écrasés sous les épais vantaux de chêne qui pesaient bien un millier. Mais on n'y prit point garde, et la tourbe d'égorgeurs s'élança dans la nef.

Au fond, le maître-autel se dressait, étincelant de la lueur de cent cierges; les ciboires, les chandeliers, les monstrances renvoyaient les feux. Sur les degrés se tenait un vieux prêtre, revêtu d'un pluvial de velours sombre étincelant d'orfrois. Tournant le dos à l'autel, il bénissait la foule agenouillée qui allait mourir, et, tenant haut les bras, il élevait le grand ostensoir d'or qui contenait le corps du Christ. Autour de lui, tout son clergé, avec des chapes, des chasubles, des dalmatiques, des courtibauds violets ou noirs, disait les prières des morts. Les enfants de chœur balançaient les encensoirs d'où montait la fumée aromatique en grandes spirales bleues qui se perdaient dans la hauteur des voûtes où l'on voyait briller les lampes qui piquaient des points rouges dans une ombre bleuâtre où la lumière mourait, tamisée par les émaux des vitraux.

— *Domine exaudi orationem meam*, dit le prêtre.

— *Et clamor meus ad te veniat*, répondit la foule prosternée.

Tous inclinaient la tête, acceptant le martyre.

Aux premiers rangs, dans le chœur, s'agenouillait le troupeau pressé des religieuses dont les robes bleu sombre étaient recouvertes de voiles blancs retombant des grandes cornettes comme

UN VIEUX PRÊTRE BÉNISSAIT LA FOULE QUI ALLAIT MOURIR.

les ailes des séraphins. D'autres étaient vêtues de laine blanche, de bure brune aussi, de petit drap gris, de plus mauvaises étoffes encore, car elles étaient d'ordres pauvres et qui passent leur vie à faire le bien. Et, au milieu d'elles, les troupeaux d'enfants, orphelins et orphelines, dont elles étaient les mères en ce monde. Un souffle de terreur passait

ILS ENTASSAIENT CE QU'ILS POUVAIENT RAPINER.

sur eux tous, faisant onduler leurs têtes comme les flots pressés de la houle.

Et toute la foule des bourgeoises, des femmes nobles même, mêlées aux filles du peuple, aux enfants de tous les états. Il n'y avait point d'hommes, quelques vieillards peut-être. Et toutes ces têtes inclinées répétaient les prières, comme un peuple déjà abattu sous le glaive de l'ange exterminateur.

Un éclair brilla : sous le pistolet de M. de Villenave, le prêtre s'abattit.

Chancelant sous le coup, il ne put déposer l'ostensoir sur l'autel et tomba avec lui en arrosant le tapis de son sang. Un diacre releva le soleil d'or et continua la prière : un coup d'arquebuse le renversa. Un autre le remplaça, élevant le corps divin au-dessus des têtes. Des cris déchirants partaient de tous côtés, les huguenots taillaient dans cette foule de femmes. Mais l'orgue gronda, et les saintes filles entonnèrent le *Regina cœli lætare*, chantant sous la tempête de fer et de feu jusqu'à ce que la dernière d'entre elles eût été égorgée. L'orgue se tut enfin : on avait forcé la porte de la galerie et précipité le musicien sur les dalles.

Maintenant, les vainqueurs de ce misérable peuple profanaient l'autel, se disputant les vases sacrés; d'autres dépouillaient les cadavres, torturaient ceux qui vivaient encore, incendiaient les stalles, brisaient les dalles funéraires, martelaient les statues couchées sur les tombeaux, jetaient au vent les cendres des morts. Pour mieux charger les bêtes de somme, ils les faisaient entrer dans la nef, les houssaient avec les chasubles, les chapes, les pluviaux, puis entassaient sur leur dos, dans des paniers, ce qu'ils pouvaient rapiner.

M. de Véragues vint voir cela et s'en montra aise. Le butin fut énorme. Réuni sur le parvis en un tas, ce butin devait être partagé rigoureusement en commun. Les vases d'or ou d'argent, les espèces monnayées, les dépouilles des morts, les petits meubles précieux, les riches étoffes, tout cela, d'après le sieur de Véragues, pourrait bien faire vingt mille écus. Et un gentilhomme taré, M. de Villacors, qui s'était fait huguenot en haine des parlements qui l'avaient condamné aux galères, se fit quelque argent dans la suite en allant dans l'église couper les plus belles chevelures des femmes égorgées ; car il les mit dans un sac et les envoya vendre à Paris où l'on en fit des perruques pour les dames riches dénudées par la calvitie.

Maintenant, les huguenots brûlaient les reliques des saints. Après avoir brisé les châsses, séparé l'or et les gemmes, ils livraient le reste au feu avec les livres saints et les crucifix, confondant dans leur fureur sacrilège ce que leur hérésie leur ordonnait de combattre ou de vénérer.

Sur la place, on procédait à l'estimation et au partage du butin. Des commissaires choisis opéraient sous les ordres de M. de Véragues lorsqu'on vint apprendre à celui-ci que le capitaine Heurtebise venait de faire une sortie, de nettoyer de huguenots le quartier neuf et d'en tuer une soixantaine. Un second messager annonça que le capitaine Heurtebise avait pris trente Espagnols et Allemands et qu'on les pouvait voir pendus le long des créneaux. Le mécontentement était général.

— Puisqu'il veut me faire la mauvaise guerre, dit M. de Véragues, nous allons lui rendre la pareille.

Et, indigné qu'on eût osé lui tuer et lui pendre du monde, il ordonna d'aller quérir le chevalier de Puymonceaux dans la prison où il l'avait fait mettre. Puis il préféra y aller lui-même, se promettant de le faire pendre devant la forteresse, à la barbe du capitaine Heurtebise.

Mais, quand il se fit ouvrir le cachot où était enfermé son captif, il n'y trouva plus personne.

VI

Quand Henri s'était vu appréhendé par les soldats de M. de Véragues, il comprit que toute résistance était inutile, et, rendant son épée, il se laissa emmener à la prison, où on l'enferma dans un cachot, non sans l'avoir secoué et molesté, ce qui est la manière ordinaire des gens de guerre d'avoir soin de ceux pour qui on leur a recommandé d'avoir des égards. Ainsi mis sous les verrous, sans lumière, ne recevant l'air que par un soupirail étroit donnant sur un fossé profond rempli d'immondices, il put réfléchir à loisir aux suites possibles de son imprudence, sur la botte de paille où il se laissa aller avec un profond découragement.

Autour de lui il entendait courir et ramper. Des rats, sans doute, fréquentaient dans ce cachot : il les sentait grouillant autour de ses bottes, que l'un essaya même de ronger. D'un vigoureux coup de pied lestement envoyé, il dut en blesser un, car un cri aigu s'éleva. Les autres s'enfuirent. Il n'avait aucune arme, nul moyen de battre le briquet : on l'avait laissé avec la chemise et le pourpoint, après avoir vidé ses poches. Sa pauvre bourse, déjà très plate, était loin maintenant. Ses gardiens l'en avaient débarrassé, comme de ses armes, et il regrettait son épée, qui avait une bonne lame de Clemens Stamm de Solingen, maître allemand réputé. Il regrettait aussi ses bagues et ses éperons d'argent.

Et il se disait qu'il aurait bien mieux fait de rester dans la forteresse avec la garnison et le capitaine Heurtebise ; et il trouvait sa situation également mauvaise, soit que les huguenots demeurassent maîtres de la ville, soit que les catholiques revinssent les en chasser. Dans le premier cas, le sieur de Véragues ne manquerait pas de le tuer, il se rappelait son mauvais regard ; dans le

Profondément triste, il s'en remit à Dieu, content néanmoins en son cœur de n'avoir point mal agi suivant sa conscience.

Ainsi plongé dans ses pénibles réflexions et accablé de fatigue, il n'osait cependant pas se coucher et dormir sur

IL PUT RÉFLÉCHIR A LOISIR.

second, le capitaine Heurtebise lui demanderait compte de sa désertion et le ferait sans doute pendre. Ainsi compromis, il se demandait ce qu'il allait devenir, se désolant de plus en plus de la perte de Jacquot, dont l'habileté et le dévouement lui eussent été d'un si grand secours.

— Il ne m'aurait pas laissé me fourrer dans ce guêpier, soupirait-il, et, m'y fussé-je mis, il aurait trouvé moyen de nous en sortir !

la paille, par dégoût et crainte des rats qui recommençaient à rôder. Debout dans un coin, appuyé contre le mur, il sommeillait, glacé, à travers son mince pourpoint usé, par l'humidité de la pierre. Le temps lui paraissait ne point marcher. Aussi bien n'avait-il aucun moyen d'en supputer la durée. Sa tête tournait et son estomac criait famine, ses oreilles bourdonnaient, ses jambes commençaient à faiblir. Il s'assit sur la paille et s'abîma en une molle torpeur, la tête dans ses mains, les coudes sur ses genoux.

Un bruit de ferrailles, de clefs qui grinçaient, le fit lever en sursaut. Un homme entra, qui portait une lanterne sourde, et derrière lui la porte se referma lourdement.

— Je viens, mon fils, vous apporter des consolations, fit le nouveau venu.

M. Henri regarda le consolateur. C'était un homme d'âge mûr, à figure vulgaire, vêtu d'un long vêtement noir et d'un manteau non moins sombre. Il n'avait point d'armes à sa ceinture de cuir, portait un col de linge plat et une sorte de bonnet en forme de barrette.

— Je viens vous apporter des consolations, répéta l'homme.

Et il s'assit sur une sorte de grossier billot de bois qui se dressait en un coin. Il avait accroché sa lanterne à un crampon scellé dans le mur et d'où pendaient des chaînes dont une se terminait par un carcan.

— Le Dieu de justice dont je suis le ministre, continuait l'inconnu, est aussi un Dieu de miséricorde. Vous ne le connaissez sans doute pas...

Ici M. Henri l'interrompit en disant qu'il avait toujours essayé de remplir ses devoirs de bon catholique, tout en se considérant comme un pauvre pécheur.

— Détestable hérésie! proféra l'autre.

Et, tirant de dessous son manteau un gros livre relié en veau, il l'ouvrit.

— Voici la parole de vérité; tout le reste n'est qu'erreur. Ouvrez les oreilles, ne fermez pas votre cœur à la parole de vie! Regrettez d'avoir jusqu'à cette heure croupi dans la fange du papisme! Sont-ce les moines ignorants et négligents qui seraient capables de vous mener dans les sentiers de la Jérusalem céleste? Écoutez cette parole de Calvin...

Mais Henri l'interrompit, sans respect:

— Je ne désire ni ne veux l'entendre! Qui que vous soyez, n'essayez pas de me troubler en cette heure qui est peut-être la dernière que je vis. Portez ailleurs vos consolations. Si je dois mourir, ce sera fidèle à ma foi.

— Ainsi parlent les fils de Bélial! soupira le ministre. Jeune insensé, écoutez ceux en qui Dieu a mis la grâce. Il en est temps encore.

— Le Dieu que j'adore n'est point un Dieu de violence. Notre-Seigneur nous a prêché la charité et l'oubli des injures, il ne nous enseigne pas à haïr nos ennemis! Laissez-moi mourir en paix, et ne m'obligez pas plus longtemps à vous entendre, car je ne vous répondrai plus.

Le ministre Rudig, arrivé de Genève depuis peu de temps et qui était venu édifier les bandes calvinistes au milieu d'une escorte de reîtres, ne désespérait pas de convertir le jeune homme. Le voyant inaccessible à la crainte, il essaya d'un autre moyen.

— Songez, jeune homme, aux bénéfices de toutes sortes qui vous attendent si vous prenez place dans nos rangs. Après la glorieuse entreprise que nous menâmes à bien, plus d'un vide demande à être comblé. On vous donnera une charge d'enseigne dans une compagnie. Je vous aiderai, s'il le faut, à prendre place dans un escadron de reîtres. Songez aux honneurs dont on vous chargera, au butin que vous recueillerez.

— Dieu seul est le maître de ma destinée, et, n'aurais-je pas mon amour pour lui, que je resterais fidèle à mon roi. Jamais je ne m'associerai avec des rebelles.

— Est-ce un roi, seulement, que ce jeune homme maladif et saisi sans cesse de transports furieux, circonvenu par une foule d'ambitieux?

— VOUS RÉFLÉCHIREZ SANS DOUTE.

— Prenez garde! — s'écria M. Henri en marchant vers lui. — Un gentilhomme ne laisse pas vilipender le roi! Sortez! ou, si je n'ai le pouvoir de vous chasser de ma présence, au moins aurai-je la force de vous traiter comme un drôle!

Et il marcha sur le ministre.

L'autre se dirigea vers la porte, le regardant d'un œil sournois, allant à reculons, sans même prendre le temps d'emporter sa lanterne. Il frappa à la porte. Elle s'ouvrit, et quand il fut sur le seuil, en sûreté maintenant car il avait le geôlier près de lui, il lui lança ces paroles :

— Vous réfléchirez sans doute, courageux jeune homme. Je serai au pied du gibet quand on vous mènera pendre. La vue de la corde vous fera peut-être changer d'avis.

La porte se referma, et M. Henri entendit le ministre Rudig qui s'éloignait en ricanant.

Ainsi, c'était fini, il allait mourir. Et toute sa vie repassa devant ses yeux. Tout enfant il allait courant, attaché à sa mère dont il revoyait la douce et riante figure; puis c'était le vieux prêtre qui lui avait appris à lire dans de gros livres. Il se rappelait maintenant le Fauveau, un grand cheval bai sur lequel on le hissait, sa joie quand il avait pu enfin se tenir en selle sans se cramponner à l'arçon, et l'étang où il allait chasser les bihoreaux avec une arbalète au soleil couchant, le verger d'un vieil homme qui le laissait marauder ses pommes, sa vieille tante qui lui donnait des prunes de Damas. Il entendait les sons de la mandore de la bonne dame; le chat, bombant son dos, se frottait en ronflant contre ses houseaux où sonnaient des éperons d'acier.

Jamais il ne reverrait tout cela. Et il se reprenait à la vie avec toute la force de sa jeunesse, avec cet espoir sans limites de la créature qui vit encore, alors même que toute chance de salut paraît à jamais éteinte. Il s'abîmait dans ses réflexions, engourdi, rêvant à moitié, perdant la notion de l'existence des choses.

Tout à coup il tressaillit. Une voix connue parlait près de la porte, une autre voix répondait, et il entendit distinctement crier :

— Monsieur Henri! Êtes-vous par ici?

Son compagnon, un grand diable à figure martiale et équipé en mousquetaire avec le halecret, le morion et le fourniment en bandoulière, décrocha la lanterne et montra le chemin. Jacquot fermait la marche avec une autre lanterne sourde dont les parois de corne laissaient peu passer la lumière.

UN VIEIL HOMME LE LAISSAIT MARAUDER SES POMMES.

Il eut à peine la force de crier :
— Par ici!

On ouvrait la porte, puis Jacquot entra, la tête à moitié couverte d'une cape qui était celle du geôlier.

— Ah! mon pauvre monsieur, — s'écriait le brave homme tandis que le baron se jetait dans ses bras, — les gueux vous avaient bien mal logé! Ah! que je suis aise de vous voir!... Mais ce séjour est malsain, ne perdons pas un instant, venons-nous-en, et sur l'heure!

Dans un coin, Henri vit un homme ficelé, étendu à terre.

— Ne vous étonnez pas, monsieur, fit Jacquot, c'est le geôlier; je lui ai emprunté sa cape. Mais il l'avait sans doute volée, lui aussi, au guichetier dont il a usurpé les fonctions, car le drôle est un de ces maudits huguenots de ce brigand de Véragues qui ont failli me tuer!

Et Jacquot, qui ne pratiquait pas l'oubli des offenses, allongea un coup de pied à l'homme étendu, qui ne put que geindre furieusement, car il était garrotté et bâillonné.

Arrivés au rez-de-chaussée, — car ils venaient de quitter un souterrain, — Jacquot et son compagnon remarquèrent le pauvre accoutrement de M. Henri.

— Vous ne pouvez rester ni sortir ainsi, monsieur, fit Jacquot. Laissez-nous aller à la découverte pour vous trouver vêtements et armes; nous revenons à l'instant.

Et, au bout de quelques minutes, il reparut, ayant retrouvé dans la geôle les hardes de son maître, sa cuirasse et son épée; quant à la bourse, elle avait disparu. Le soldat qui accompagnait Jacquot voulait aller visiter les poches du geôlier, mais on pensa que le temps pressait, et on sortit de la prison au nez des huguenots occupant la porte, qui ne se méfièrent de rien au milieu de tout le désordre.

— Permettez-moi, monsieur, dit alors Jacquot à son maître, de vous présenter Briscadoux, ancien mousquetaire de la compagnie Périssac, avec lequel j'ai servi du temps de monsieur le connétable. C'est à ce gaillard-là que je dois de vous avoir retrouvé. Il abandonne monsieur de Véragues pour entrer à votre service.

Et, comme Henri se récriait :

— Je sais ce que vous allez dire, monsieur! La question des gages ne l'embarrasse pas plus que moi. A la guerre comme à la guerre, nous vivrons sur l'ennemi. Et, si monsieur le veut bien, nous allons sortir de la ville sans plus tarder. Et je vous conterai mes aventures de la nuit.

Jacquot, depuis l'escarmouche de la porte de Saint-Michel, avait connu des fortunes diverses. Quand les gens de MM. de Véragues et de Villenave refoulèrent les catholiques pêle-mêle dans la ville, Jacquot avait été pris dans un escadron de reîtres, renversé de cheval et foulé aux pieds, retenu par la botte sous sa monture tuée d'un coup de pistolet. Puis il s'était tenu coi parmi les morts, pendant que les huguenots continuaient leur charge. A force de vigueur et de patience, il s'était dégagé de dessous sa bête, puis, toujours à plat ventre, rampant parmi les morts et les blessés, il avait gagné un petit amas de broussailles où il avait repris haleine. Près de lui était couché un cavalier huguenot qui, blessé sans doute au même lieu, était venu mourir là.

C'est du moins le récit que fit plus tard Jacquot, mais tout porte à croire que notre homme ne s'était point gêné pour achever le protestant et le dépouiller à l'aise.

Il lui prit ses meilleures armes et sa bourse, son casque fermé et son écharpe blanche, et, ainsi muni, s'en fut se mêler aux huguenots, escalada avec eux la barricade et poursuivit mollement la garnison jusqu'à la forteresse. Puis il rôda par les rues. C'est alors qu'il avait aperçu Briscadoux, tête nue, en train de s'entourer la jambe d'une bande de toile provenant d'une paillasse éparpillée dans une ruelle, car il avait été blessé d'un coup de faux à l'assaut d'une maison.

Surpris d'apercevoir cet homme qu'il avait perdu de vue depuis dix ans, Jacquot cria à travers le masque de sa bourguignotte, craignant d'être dupe d'une illusion :

— Briscadoux!

L'autre répondit, sans se remuer autrement :

— Qui m'appelle ?

Il n'y avait pas d'erreur. C'était bien l'illustre Briscadoux, célèbre dans les bandes de Picardie pour son habileté à manier l'épée bâtarde, à danser la gaillarde et à boire cinq bouteilles de vin coup sur coup à la santé du roi pendant que sonnaient les douze coups de midi.

Jacquot s'approcha donc et lui dit sévèrement :

— Si monsieur de Flamarens te voyait, il te ferait pendre, mon garçon !

Ce M. de Flamarens était un capitaine des vieilles bandes, sévère à l'excès, mais qui avait tenu Briscadoux en haute estime et se faisait toujours, jadis, accompagner par lui dans les endroits les plus périlleux.

Briscadoux regarda stupidement cet homme masqué d'acier qui lui parlait des choses du passé. Car, si ce mousquetaire était d'une vigueur peu commune, par contre son intelligence égalait à peine celle d'un hanneton.

Jacquot reprit d'une voix encore plus tranchante :

— Oui, mon garçon, il t'aurait fait pendre. Et c'est moi, Jacquot, dit Brisemiche, de son vrai nom Jérémie Coustard, natif de Châteauroux, ton ancien cap d'escade, qui t'en donne ma foi !

Briscadoux laissa paraître sa joie :

— Comment, mon petit Jacquot, c'est toi ! Viens çà que je t'embrasse.

— Je n'embrasserai pas un ancien soldat du roi qui fait la guerre avec des vauriens et pille les bonnes villes de son pays.

Briscadoux réfléchit, confus, puis fit cette remarque pleine de sens :

— Mais, Jacquot, mon petit, tu en es aussi de ces vauriens.

— Grande est ton erreur, être stupide ! Je suis ici pour combattre tous ces huguenots de malheur !

Briscadoux ne comprenant plus dé-

chira une seconde bande avec ses dents et continua de s'entortiller le mollet.

— Écoute, Briscadoux ! J'ai encore de l'amitié pour toi. Je veux t'empêcher d'être pendu. Je me suis déguisé en huguenot, apprenant que tu étais dans ces bandes de pillards et de lâches brigands. C'est une honte pour toi d'y servir. Et d'abord, comment t'y trouves-tu ?

Briscadoux expliqua qu'il s'était vu

— GRANDE EST TON ERREUR, ÊTRE STUPIDE

un beau jour licencié et sans ressources, et que justement alors M. de Villenave faisait des levées. Il s'était enrôlé sans enthousiasme, d'autant qu'il n'appartenait pas à la religion réformée. Et il conclut ainsi :

— Tu comprends, mon petit, j'aime encore mieux faire la guerre avec ces gens-là que de mourir de faim !

— Ta chance est grande de m'avoir rencontré sur ton chemin. Avant que le soleil de demain ne nous éclaire, arriveront les gens de monsieur de Montpensier, et on vous pendra tous. Tu vas donc venir avec moi et te tirer de ce guêpier.

— Mon ami Jacquot, je t'accompagnerai jusque chez Pluton.

Briscadoux avait quelque littérature, car il avait d'abord été valet chez un recteur de collège qu'il entendait causer à table avec Charpentier, Ramus et autres docteurs en sciences et belles-lettres.

— Il faut d'abord que tu me dises ce qu'est devenu le gentilhomme dont je suis l'écuyer, le chevalier Henri de Puymonceaux.

— Mais, mon garçon, je ne le connais pas.

Jacquot expliqua alors minutieusement à Briscadoux quel était son maître, quels étaient ses vêtements et ses armes.

— Mais, s'écria brusquement Briscadoux, c'est ce petit bonhomme que l'on m'a fait tout à l'heure mener en prison !

Et il raconta à Jacquot la scène chez le vieil échevin Pierre Jalot, l'arrestation du baron sur l'ordre de M. de Véragues.

— Allons le délivrer sans plus tarder ! conclut Jacquot.

Briscadoux lui objecta la difficulté de l'entreprise. Toutefois, il était prêt à le suivre; lui Jacquot serait la tête, Briscadoux serait le bras. Et, relevant sa botte de vache grasse sur sa jambe dûment pansée, le géant prit son mousquet, coiffa son morion de fer noirci, emboîta le pas à Jacquot qui prit un air d'autorité.

— Ordre de monsieur de Véragues! dit-il avec un effrayant aplomb, en se présentant à la porte de la prison.

Les gens du poste, ivres ou endormis, se rangèrent sur son passage avec respect. Il se croisa avec le ministre Rudig, dans la cour, et continua de marcher. Alors il se trouva devant le geôlier, soldat chargé de ces fonctions, car le geôlier en titre s'était enfui dans le château.

— J'ai ordre de monsieur le colonel de visiter le prisonnier que l'on a amené il y a deux ou trois heures, monsieur Henri de Puymonceaux.

Le geôlier montra quelque défiance et réclama un ordre écrit.

— Je vais vous le montrer, fit Jacquot, qui avançait toujours.

L'homme le suivait cherchant à l'arrêter, on était dans une petite cour resserrée, loin du poste. Jacquot fit un signe à Briscadoux. Tous deux se jetèrent sur le porte-clefs et en une minute le terrassèrent, le bâillonnèrent, le lièrent, car, en homme pratique, Jacquot avait toujours une corde en petit rouleau, pendue à sa ceinture, précaution que Briscadoux observait également. Puis ils lui prirent ses clefs, sa lanterne et sa cape à capuchon, que revêtit Jacquot par-dessus son casque, et s'en allèrent à la recherche des cachots. Comme la prison n'était pas grande, ils n'avaient pas eu grand'peine à découvrir M. Henri.

M. Henri, Jacquot et Briscadoux parcouraient maintenant les rues de Saint-Michel, cherchant une occasion de pouvoir sortir des murs. Par surcroît de précaution, Jacquot avait donné son casque fermé au jeune homme, de crainte qu'on ne reconnût ses traits. Mais, près de la place du Marché, ils tombèrent sur un gros de huguenots s'enfuyant devant les gens du capitaine Heurtebise qui faisait une sortie. Et ils faillirent même être pris. Ce danger les servit cependant au delà de leur espérance. Car, se laissant entraîner par le flot de la déroute, ils furent portés jusque hors la grande porte, franchirent le pont-levis et continuèrent de courir sans se soucier des huées des reîtres qui gardaient le guichet.

Ils coururent ainsi tant qu'ils virent des fuyards, traversant le champ de bataille de la veille encore jonché de cadavres d'où s'envolaient des corbeaux. Puis ils prirent par les vignes au hasard, allant droit devant eux, sans direction, heureux d'être sortis aussi facilement de ce mauvais pas.

Ainsi ils marchèrent pendant quatre ou cinq heures, recrus de fatigue, mourant de faim, perdus maintenant dans les champs. Tout bruit avait cessé, et, autour d'eux, c'était la grande paix de la nature égayée par le soleil du printemps.

Mais Briscadoux, qui faisait des enjambées extraordinaires et tant que M. Henri et Jacquot le suivaient à grand'peine, s'arrêta sous un grand arbre, s'assit à son pied et déclara qu'il ne pourrait jamais aller plus loin. Jacquot lui reprocha amèrement son manque de courage et lui affirma avec assurance qu'on apercevait un village à l'horizon.

— Vas-y si tu veux, mon ami, dit tranquillement le géant, mais, quant à moi, j'en demande humblement pardon à monsieur le chevalier, je ne puis aller plus loin.

Accablé de fatigue, Henri s'était couché dans l'herbe et dormait. Briscadoux crut pouvoir l'imiter; mais Jacquot, malgré le poids de sa cuirasse à l'épreuve, grimpa sur l'arbre, s'accota sur une maîtresse branche, et de là il inspectait l'horizon. Car c'était un homme avisé, plus prudent encore que courageux, ce qui n'était pas peu dire, et ne laissant jamais rien au hasard.

Les heures passèrent. Mais, vers quatre heures du soir, au moment où les trois hommes tenaient conseil sur ce qu'il convenait de faire, ils virent venir de loin une troupe de gens à cheval qui occupait toute la largeur du chemin au bord duquel ils étaient installés. En un clin d'œil Jacquot dévala de l'arbre du haut duquel il prenait part à l'entretien, alluma les mèches pour son arquebuse et le mousquet de Briscadoux, se glissa dans les broussailles et y fit dissimuler M. Henri et le géant. Ils entendaient maintenant le pas des chevaux, puis ce furent des bruits de voix : on se rapprochait. Enfin la troupe passa, mais Henri sauta sur ses pieds en poussant un cri de joie, car il avait reconnu Pierre Jalot monté sur une mule grise et flanqué de la jeune fille qu'il avait recueillie pendant le sac de la ville. Des valets, l'intendant, deux servantes, composaient la cavalcade.

A la vue de cet homme armé émergeant des buissons, une grande frayeur cloua sur place la troupe pacifique. Et, comme pour augmenter ses alarmes, voici que, derrière Henri, se dressèrent Jacquot et l'immense Briscadoux, dont le morion à crête et le panache exagéraient la hauteur. On se reconnut cependant. Pierre Jalot, heureux de retrouver le jeune homme sain et sauf, car il l'avait cru mort, lui demanda :

— Où courez-vous ainsi par les chemins? Allez-vous donc coucher à la belle étoile, et avez-vous seulement dîné?

— Hélas! non, monsieur, ni moi ni ces braves gens non plus!

Le bonhomme, désolé, donnait déjà des ordres. L'intendant s'empressait, on tirait du pain des paniers. On trouva un morceau de mouton bouilli, deux gigots, un jambon, des fromages, d'autres choses encore. Briscadoux, gratifié d'un gigot, le rongea jusqu'à l'os, et chacun oubliant ses soucis et sa tristesse admirait ce magnifique appétit. Il vida une forte flasque de vin, mangea un gros pain rond et un fromage, puis se déclara prêt à tout et marcha à l'avant-garde son mousquet sur l'épaule. Jacquot allait côte à côte avec lui, et toute la caravane sentit se raffermir son courage à voir l'allure martiale des deux compagnons, dont les fortes épées mesuraient bien quatre pieds de long.

Une servante s'assit en croupe derrière un valet; on changea la selle de son cheval, et ainsi on monta M. Henri, qui s'en allait flanquant Pierre Jalot. Celui-ci n'en revenait pas d'aise de voir son jeune ami tiré des mains de M. de Véragues, et il lui demandait le récit de ses aventures par le menu, remerciant la Providence de les avoir tous sauvés de cette affreuse boucherie.

Puis il raconta au baron le pillage et le massacre de l'église sur les dires que lui en avaient rapportés ses valets; l'un d'eux qui y avait passé la nuit avait pu s'enfuir. Il lui dit encore la sortie du capitaine Heurtebise.

— Eh! ne m'en parlez pas, monsieur, fit Henri, j'ai failli y être pris aussi!

Et, égayés de se sentir libres, ils riaient de l'aventure. La jeune fille trouvait cela effrayant et tremblait à chaque bruit que faisait le vent dans les feuilles, car la nuit commençait à tomber.

— Le sieur de Véragues n'a point joui longtemps de son succès, disait Pierre Jalot. Le capitaine Heurtebise avait pu envoyer demander du secours, nous l'avions d'ailleurs fait la veille. Un peu avant midi sont arrivées des compagnies de gens de pied et des cavaliers commandés par le bailli Desbans, et les huguenots se sont trouvés pris entre ces troupes et la garnison, qui a encore fait une sortie. Ils ont dû fuir dans le plus grand désordre et ont laissé la moitié des leurs sur la place, on les poursuit peut-être encore maintenant du côté de Fontgombault. Mais M. de Véragues a pris le large avec ses reîtres, c'est M. de Villenave qui a tenu contre le choc, je ne sais ce qu'il est devenu. Pour moi, navré de toutes ces horreurs, je suis parti dès que j'ai pu, emmenant mademoiselle que voici et mes gens. Nous nous en allons de ce pas au château de la Mauvissière, chez une dame de mes amies qui nous donnera l'hospitalité comme j'y compte. Je vous emmène avec moi, vous et vos deux braves, et d'ailleurs, ajouta le bonhomme en souriant, c'est un peu par égoïsme, car en ces temps troublés on a toujours besoin de gens courageux et déterminés comme vous l'êtes.

— ... NOUS NOUS EN ALLONS DE CE PAS AU CHATEAU DE LA MAUVISSIÈRE.

Madame de la Mauvissière accueillit les fugitifs avec la meilleure grâce du monde. C'était une grande femme aux traits nobles et doux, aux yeux éteints par une profonde tristesse et qui semblaient ne plus pouvoir pleurer. Encore jeune, elle semblait cependant très grave, et l'on voyait qu'elle avait été admirablement belle. Et, quand elle entra dans la vaste salle à manger éclairée de cent cires dans leurs chandeliers d'argent, appuyée sur le poing de maître Pierre Jalot, sa longue robe de velours brun traînant de dix pas derrière elle, sa haute collerette de dentelles de Flandre montant de deux pieds et encadrant sa tête d'une auréole légère, il sembla au baron Henri que ce fût une reine parcourant son palais.

Elle était très riche et très bonne, possédait de grands biens, avait un château entouré de douves où nageaient des cygnes, avec des tours en poivrières où venaient picorer les pigeons, et était servie par vingt valets vêtus de dalmatiques mi-parties d'or et d'azur chargées de deux lions rampants de sable et d'une fleur de lis d'or. Ses demoiselles d'honneur étaient nobles et fières, ses intendants honnêtes et doux aux pauvres; ses gardes n'empêchaient point les malheureux de prendre les menues branches dans les bois, et le dimanche, après la messe, l'on donnait, dans la grande cour, du pain et des remèdes aux pauvres. Chaque année, elle dotait trois filles dans le pays, et, quand elle allait à la ville, elle visitait les malades et les prisonniers. Son chapelain était un homme instruit, mais elle aurait pu lui en remontrer dans la culture des belles-lettres, la connaissance des pères, la traduction des auteurs latins.

Aussi, maître Pierre Jalot avait-il pour madame de la Mauvissière un respect sans bornes. Il était un peu son homme d'affaires, mais s'enorgueillissait d'être son ami. De grands secrets concernant la dame lui avaient été confiés, mais il n'en avait jamais dit un mot à personne, et il répétait qu'il se laisserait plutôt couper la langue que de dire un mot qui pût lui occasionner du déplaisir. Dans la soirée, il causa longuement avec la dame de la Mauvissière à propos de la jeune fille qu'il avait recueillie pendant le sac de Saint-Michel.

— C'est une orpheline, dit-il, elle se nomme Madeleine, mais elle ne sait point autre chose sur le nom de sa famille. Elle vivait à Saint-Michel chez son tuteur, un certain monsieur de la Roche-Aymon, que je connaissais à peine. Le pauvre homme a été tué ainsi que ses serviteurs; les servantes ont disparu, et la maison est brûlée, car elle était voisine de l'église que les huguenots ont incendiée en évacuant la ville. Que pensez-vous de cette enfant, madame, et que faudra-t-il en faire?

— Attendons des temps plus tranquilles, répondit-elle. Et, d'ici là, laissez-la-moi en tutelle; j'en aurai grand soin, mon vieil ami. Elle paraît aussi sage et douce que belle, et l'on voit que c'est une personne de qualité. Plus tard, nous retrouverons sa famille.

— Elle ne saurait être en de meilleures mains, madame, et, si cette charmante enfant me semble digne d'être votre fille, vous méritiez, vous, d'être sa mère.

Madame de la Mauvissière se renfonça dans son fauteuil avec un soupir douloureux, portant la main à son cœur comme si l'air lui eût tout à coup manqué. Une larme, pareille à une perle liquide, roula de son visage sur sa guimpe de point de Venise. Portant son mouchoir à sa bouche, la dame se renversa sur le dossier de son siège; elle étouffait.

Lui, profondément touché, dit d'une voix altérée :

— Pardonnez-moi, madame Catherine, — c'était là sa formule de plus affectueux respect, — pardonnez-moi d'avoir évoqué ce désolant souvenir! Rappelez votre courage et songez que Dieu aura pitié de vous. Car vous avez bu jusqu'à la lie le calice de la douleur! Et est-il possible qu'une pareille souffrance ne trouve pas bientôt sa fin?...

Un silence suivit, puis Pierre Jalot se retira sans bruit, disant entre ses dents :

— Pauvre femme! Elle ne se consolera jamais. La résignation n'est point l'oubli, et la douleur la mènera au tombeau! Mais les voies de Dieu sont insondables... Qui sait si cette enfant...? Allons. je suis fou! conclut-il. Tout à l'heure, je trouvais qu'elle ressemblait à madame Catherine, et, ce matin, je la voyais faite à l'image du sieur de Véragues. Mon pauvre bonhomme, ta tête déménage.

Et il s'en fut se coucher rêveur.

La douleur de madame de la Mauvissière, aux paroles de maître Pierre Jalot, s'était réveillée comme ces blessures mal fermées qu'un choc fait brusquement se rouvrir et saigner.

Mariée dans tout l'éclat de sa jeunesse et de sa beauté à un brillant seigneur, elle avait été la plus malheureuse des épouses avant d'être la plus misérable des mères. Ayant obtenu la séparation par voie de justice, elle quitta son indigne époux, reprit son nom de famille. Mais

sa fille, que la décision des juges lui avait confiée, lui fut enlevée une nuit par des soudoyés de son mari qui envahirent son château. Et, depuis treize ans, les recherches étaient restées vaines pour retrouver cette enfant. Le père, maintenant proscrit, l'avait confiée à des mains étrangères, et on n'en savait pas davantage. Jamais il n'avait voulu parler.

Depuis quelques jours, la vie s'écoulait tranquille pour les habitants du château. M. Henri voulait partir, mais on le retenait sous mille prétextes, et Pierre Jalot lui conseillait d'attendre la venue de quelque corps de l'armée royale dans lequel il pût prendre parti. Se mettre en chemin maintenant était inutile, voire dangereux, car on signalait des partis huguenots dans les environs.

Jacquot et Briscadoux allaient de temps à autre se promener dans le pays, bayant aux corneilles, cherchant les nouvelles. Un certain matin, ils allèrent promener des chevaux jusqu'à un petit village, à trois lieues de là, et jugèrent opportun d'entrer boire un verre de vin gris dans un cabaret dont la porte était surmontée d'une branche de houx. La salle était tranquille; une fille de service écossait des pois dans un bassin de cuivre près de la cheminée où chauffait une potée de vin sucré pour un brave homme dont les gencives veuves de dents s'obstinaient à vouloir triturer une croûte. Un ivrogne de piètre mine, quelque porteballe sans doute, dormait, la tête entre les deux bras sur la table.

Les deux braves se disaient des histoires de guerre, et Briscadoux ne craignit pas de raconter qu'un jour il avait fait ferme contre tout un piquet de chevau-légers, auxquels il avait conquis un enseigne et fait trois prisonniers sans compter les morts.

— Tu y vois double, mon fils, opina Jacquot. Tu veux dire que tu t'es battu contre deux sergents qui voulaient te mener en prison. Mais, en fait de bagarre, si tu veux connaître un homme qui sache s'en tirer en donnant de beaux coups d'épée, tu n'as qu'à regarder mon petit monsieur, le chevalier de Puymonceaux.

L'ivrogne leva légèrement la tête, puis la renfonça entre ses bras, tout en gardant une oreille libre.

Briscadoux approuva d'un ton convaincu :

— Sans doute! sans doute! A tout prendre il ne lui manque que de bien connaître le maniement de l'épée bâtarde. Mais, depuis ces quelques jours que nous sommes dans ce bienheureux château, je lui ai inculqué un certain nombre de principes élémentaires dont il se trouvera bien.

— Ah! quelle bonne dame que celle de la Mauvissière! fit Jacquot avec élan.

— Et pas fière! Encore qu'elle ait l'air d'une impératrice, surenchérit Briscadoux.

— Je me ferais tuer pour elle! s'écria Jacquot.

— Et avec joie! conclut Briscadoux; buvons à sa santé, et qu'elle dorme tranquille! Nos épées sont là pour la garder!

Ils payèrent et remontèrent à cheval, piquèrent des deux et disparurent pour ne pas manquer le dîner. Mais le buveur, subitement dégrisé, s'approcha de la servante et il lui demandait ce que c'était que le château de madame de la Mauvissière.

— C'est au bout de ce chemin. Arrivé à la croix, on prend sur la droite, et on voit les arbres de l'avenue. Est-ce que vous y avez à faire? dit la fille.

— Oh! pas plus que cela, répondit l'homme, j'ai un frère qui y a été cuisinier.

Mais trois jours après, le 1ᵉʳ juin 1569, tandis que madame de la Mauvissière,

ILS ALLÈRENT JUSQU'A UN CABARET.

assise dans sa chambre, s'amusait à passer ses doigts fins et allongés dans les cheveux blonds de Madeleine, qui, à ses pieds sur un coussin, lui lisait la *Vie de sainte Ursule*, on vint lui annoncer qu'un gros de cavaliers était dans la cour du château. Si vite qu'on eût agi, ils avaient occupé le pont-levis et les guichets de la voûte; d'ailleurs ils étaient nombreux. Les gens du château étaient en armes, tous prêts à se faire tuer pour leur maîtresse, ainsi parlait le majordome, et il demandait des ordres. Le chef des cavaliers désirait parler à madame de la Mauvissière,

et il se nomma. C'était le comte de
Villenave.

Madame de la Mauvissière donna
ordre de le faire entrer et fit retirer
Madeleine. Seule, elle reçut le partisan
dans la grande salle du château; haute
et droite, elle l'attendait au milieu de
l'immense pièce, qu'il dut parcourir en
s'avançant vers elle.

Ainsi il fit plus de vingt pas, armé
de toutes pièces, mais, l'armet sur le
bras gauche, les hautes plumes bleues
frisées d'orange — car c'étaient là ses
couleurs — se balançaient à hauteur de
ses oreilles. Avec la grâce d'un homme
de cour, il s'inclina profondément arrivé
à cinq pas, puis s'approcha encore et
parla tranquillement.

Il était chargé d'une mission difficile
et pénible, et il priait la dame de
l'excuser : jamais devoir n'avait pesé
plus lourd à son cœur. Chargé d'ordres
par son colonel, il venait réclamer un
prisonnier qui s'était enfui malgré
la parole donnée, à lui et à M. de
Véragues.

Madame de la Mauvissière s'était
reculée.

— Monsieur de Véragues me fait
réclamer un prisonnier? Est-ce bien lui
qui vous envoie?

— Je suis son mestre de camp,
madame, répondit M. de Villenave.

— Relevez-vous, monsieur, fit-elle, et
parlez-moi franchement. Si monsieur
de Véragues — et en prononçant ce
nom elle devint affreusement pâle — a
une demande à me faire, il a dû m'écrire
certainement.

M. de Villenave se mordit les lèvres.
Il avait posé son armet sur la table qui
le séparait de madame de la Mauvissière. Des plis de son écharpe blanche

il tira une lettre et la lui tendit sans
mot dire.

Celle-ci regardait le papier. Prise de
crainte, elle mit rapidement ses gants
de velours posés sur le tapis violet a
liteaux d'or à côté de son mouchoir et
de son éventail. C'était là une précaution utile, car en ces temps on empoi-
sonnait facilement par les poudres que
vendaient les Italiens. Elle prit la
lettre.

Avec mépris elle la rejeta après y
avoir jeté les yeux.

— Cette lettre n'a jamais été écrite
par monsieur de Véragues, fit-elle en
toisant le partisan.

Lui très pâle, visiblement mal à l'aise,
pliait l'échine, courbait la tête, dominé
par cette sévère et admirable beauté. Il
essaya de la regarder fixement, mais il
dut baisser les yeux devant le regard
franc et hautain de la grande dame.
Il balbutiait. Et elle lui ordonna de
parler :

— Expliquez-vous, monsieur. Qu'êtes-
vous venu chercher ici? Qui vous a
remis cette lettre?

Il se redressa brusquement, l'air
mauvais, et d'une voix cassante :

— Je suis bien sot, en vérité, de vous
fournir des explications comme un
écolier à son recteur. Vous avez ici
un fugitif. Je vous somme de me le
livrer. Sinon, vous me répondrez de
lui!

La vérité était qu'il avait fabriqué
une lettre de M. de Véragues pour se
couvrir du renom de terreur qu'inspirait le partisan. Maintenant il avait
retrouvé son assurance et il était le
maître. Mais madame de la Mauvissière
ne manquait pas de courage. Tranquillement, elle lui répondit :

— Je n'ai point d'ordres, monsieur, à recevoir de vous. Et je périrais plutôt que de laisser tomber un cheveu de la tête d'un de mes hôtes.

— Mais vous êtes folle. Sachez que je suis le maître de votre château, que je puis le mettre à sac, vous mettre vous-même à rançon.

— Vous oubliez, monsieur, à qui vous parlez. Osez-vous bien me menacer?

manda Madeleine à sa vieille nourrice, qu'elle chargea de tout en son absence. Et elle fit dire à M. de Villenave qu'elle était prête à le suivre. Elle monta dans son carrosse avec maître Pierre Jalot et une suivante, laissant tous ses gens dans la stupéfaction la plus profonde, et s'en fut avec les quatre-vingts cavaliers du comte dans la direction de Poitiers.

ELLE S'EN FUT AVEC LES CAVALIERS DU COMTE.

Mon dernier mot est celui-ci : Jamais je ne livrerai mon hôte.

— Vous réfléchirez, madame; je vous laisse une heure. Si vous ne voulez pas me remettre le chevalier de Puymonceaux, c'est vous que j'emmènerai prisonnière.

Et, avec une allure digne d'une meilleure cause, le comte salua et sortit à reculons.

Madame de la Mauvissière eut une longue conférence avec son conseil Pierre Jalot. Elle défendit à ses gens d'attaquer les cavaliers de M. de Villenave, fit consigner le baron Henri dans son appartement jusqu'au soir, recom-

VII

Madame de la Mauvissière avait agi ainsi pour éviter une bataille où beaucoup de ses gens auraient été, même vainqueurs, blessés ou tués; et, ne voulant pas exposer ceux de sa maison à de tels dangers, elle avait préféré se livrer à M. de Villenave, comptant sur son crédit dans tous les partis pour la tirer de ces ennuis. Peut-être aussi avait-elle un dessein caché et dont seul Pierre Jalot connaissait la nature. Quant à M. de Villenave, il se voyait enrichi par la forte rançon que la dame ne manquerait pas de lui payer. Et, comme les gens de cette espèce ne doutent de rien, il caressait même l'idée de faire une fin en épousant cette femme riche qu'il se figurait être veuve. Quant au chevalier de Puymonceaux, il s'en souciait comme d'un fétu. Aussi, n'avait-il pas donné l'ordre de le rechercher. La seule Catherine de la Mauvissière suffisait à occuper son esprit.

Il choisit donc un château bien retranché pour y loger sa captive, en attendant qu'elle pût ou voulût financer. Et il ne craignit pas de lui demander la somme exorbitante de trente mille écus d'or.

Le château de Briolan, situé non loin d'Aguilfort, sur les bords de la Petite Creuse, pouvait être considéré comme imprenable, d'autant qu'on pouvait difficilement en battre les murs avec du canon. Mais ce fut un long voyage pour y arriver, car la petite armée ne se souciait pas de rencontrer les gens du roi. Il fallut cheminer par Belarbre, éviter Chalays, descendre jusqu'à Priffat pour franchir le Bigu enflé par les pluies, ne point se laisser voir du château de Saint-Benoît, passer deux jours dans les bois de Parnal, traverser de nuit le pays dénudé de Saint-Sébastien. Et encore, au moment où il touchait au bout de son voyage et de ses peines, M. de Villenave eut-il l'ennui de voir accourir M. de Véragues.

Celui-ci, à la vérité, n'arrivait pas là pour le plaisir de voir son mestre de camp, mais bien parce qu'il avait sur les talons une grosse bande de catholiques. Au reste, rien ne lui réussissait plus depuis que M. de Chalost, lieutenant de M. de Montpensier, l'avait chassé de Saint-Michel. Pourchassé sur les confins du Berry et du Poitou, il avait vu fondre son armée réduite à deux ou trois cents hommes et avait dû descendre dans le Limousin, d'où il revenait avec une troupe plus nombreuse.

Il fit le meilleur accueil à M. de Villenave, lui demanda compte de ses opérations, et, ayant appris par quelques indiscrets que le mestre de camp avait fait une prisonnière d'importance, il tint à la voir et resta pantois de se trouver devant sa femme, qu'il n'avait pas vue depuis douze ans.

Il ignorait en effet sa résidence dernière, le nom même sous lequel elle vivait maintenant et qui était celui d'un de ses châteaux, car au temps où il lui fit enlever sa fille elle se faisait appeler madame de Traailles et résidait dans un domaine de l'Ile-de-France.

Mais sa colère ne connut plus de bornes quand il apprit que M. de Villenave s'était prévalu d'une lettre de lui pour enlever la baronne et la mettre à rançon. Cependant il s'excusait, faisait presque l'aimable, car il comptait sur la faiblesse possible de sa femme pour lui ménager un accord avec le roi. Maintenant qu'il avait un peu réparé les brèches faites à sa fortune, grâce au butin de ces derniers temps, il tenait les choses pour plus faciles et était prêt à changer encore une fois de religion. Avec des lettres de rémission, achetées à bon compte, il s'en tirerait tout comme un autre.

Et aussi, bien malgré lui, il demeurait sous le charme, subjugué par cette épouse qu'il avait beaucoup aimée avant que de l'abandonner indignement et de lui ravir son enfant.

— Dites-moi ce que je dois faire,

madame, pour réparer les chagrins et les dommages que ces gens ont pu vous causer. J'aime à croire qu'ils ne vous ont point manqué, au moins, sans quoi j'en tirerais une éclatante justice !

Madame Catherine lui déclara froidement qu'elle pouvait se passer de sa

— C'est la nécessité de la guerre, dit-il. Quelqu'un de vos amis aurait-il souffert, en ce saccagement, dans sa personne ou dans ses biens ?

Mais, sous un grand air d'indifférence, elle reprit, tout en le regardant avec une anxiété dont elle n'était pas maîtresse :

IL RESTA PANTOIS DE SE TROUVER DEVANT SA FEMME...

protection. Si elle avait suivi M. de Villenave, ç'avait été, en somme, de son plein gré et parce qu'elle voulait rencontrer M. de Véragues. Le hasard l'avait mieux servie qu'elle n'espérait.

Et brusquement elle lui dit :

— Vos crimes et vos cruautés désolent les pays voisins, le bruit en est venu jusqu'à moi. J'ai appris l'affreux massacre que vous avez ordonné à Saint-Michel.

— Grâce à Dieu, non ! Mais vos gens ont eu la main malheureuse en tuant un vieil homme auquel je m'intéressais, lui et tous ceux de sa maison.

— Et comment se nommait-il ?

— La Roche-Aymon.

Lui, devenu livide, bondit sur ses pieds, sa chaise tomba.

— La Roche-Aymon ! s'écria-t-il d'une voix tremblante, Gaspard de la Roche-Aymon ! Il était à Saint-Michel ?

— Lui-même, répondit la baronne. Et il a été tué avec ses gens et aussi une jeune fille dont il était le tuteur.

— Oh! mon Dieu!... Non... n'est-ce pas?... Ce n'est pas vrai?... Vous voulez vous moquer de moi. Mais parlez! parlez donc!

Et il marcha vers sa femme et lui prit la main.

Glaciale, elle se recula et répondit :

— C'est la vérité pure : une jeune fille du nom de Madeleine et qui lui avait été confiée par un inconnu.

Les cheveux hérissés, l'œil démesurément ouvert, Véragues s'en allait, trébuchant. Il tomba sur un siège, près de la table où il s'abattit, sanglotant. Et il criait d'une voix entrecoupée :

— Madeleine! ma fille! mon enfant! morte! Oh! mon Dieu! mon Dieu! ma pauvre enfant!

Elle le considérait avec une émotion non moins grande. Pâle comme sa guimpe, la poitrine haletante, elle s'appuyait au mur, mais ivre de joie. Ainsi, en parlant presque au hasard, guidée par ses secrets pressentiments et aussi par ceux de Pierre Jalot, elle avait retrouvé son enfant, sa fille chérie, et qui était en sûreté dans son château!

Remise un peu de son émotion, elle regarda le misérable abîmé dans sa douleur, pleurant toutes les larmes qu'il lui avait fait verser, secoué par des sanglots dont chacun semblait devoir rompre sa poitrine. Dans son cœur généreux, elle eut pitié de son désespoir, et, appuyant sa fine main sur le collet de cuir de cerf qui habillait ses épaules :

— Vous aimez donc encore quelqu'un sur la terre, François? lui dit-elle doucement.

L'autre, fou de douleur, ne lui répondait pas et répétait dans son angoisse :

— Ma Madeleine! ma fille! mon enfant! On me l'a tuée!... Et c'est moi, moi qui...

Elle lui posa la main sur la tête.

— Non, François, notre fille n'est pas morte! Ne vous désespérez pas, elle est en sûreté dans mon château!

Levant sa face où ruisselaient les pleurs, il la regardait, soupçonneux.

— Elle est au château de la Mauvissière, vous dis-je.

Il ne semblait pas décidé à la croire. Il fallut qu'elle lui racontât tout, l'exode de Pierre Jalot, l'arrivée des fugitifs à son château. Mais elle tut l'ensemble des circonstances par lesquelles elle avait été amenée à reconnaître sa fille, à la deviner plutôt. Et elle conclut :

— Écoutez, François. Si vous voulez me donner votre parole de gentilhomme que vous ne chercherez plus à m'enlever ma fille, j'irai me jeter aux pieds du roi et je lui demanderai de vous recevoir en grâce.

Lui ne se pressait pas de répondre. Remis de sa terreur, il cherchait maintenant à tirer le meilleur parti possible de la position. Et dans son honnête simplicité Catherine commit la faute d'insister :

— Vous savez combien ma famille est puissante à la cour. Nous vous ferons remettre dans vos honneurs et dignités. Dès que la guerre sera finie, vous serez rétabli dans vos charges si vous voulez faire votre soumission.

M. de Véragues avait repris son sang-froid :

— Je la ferai, répondit-il, si vous voulez revenir vivre avec moi!

— Non, François! Cela n'est pas possible. Avez-vous oublié comment

— VOUS AIMEZ DONC ENCORE QUELQU'UN?

vous m'avez meurtri le cœur, outragée comme épouse et comme mère, comment vous avez renié mon Dieu?...

— C'est bien, Catherine, je reviendrai à ma première religion.

— Les conversions basées sur l'intérêt ne sont point celles dont Dieu se contente !

Déjà elle regrettait sa phrase. Mais lui, se mordant les lèvres, répondit d'une voix altérée :

— Avant de faire ses conditions, il faut être le plus fort. Quand vous serez votre maîtresse, quand vous serez libre, nous reprendrons cet entretien. Peut-être alors vous trouverai-je moins difficile !

Il sortit, la laissant plongée dans sa joie, qu'elle n'avait point voulu laisser paraître. Et, tout à la pensée de cette charmante fille que le ciel lui avait rendue, elle demeura dans un recueillement délicieux jusqu'à ce que Pierre Jalot la vînt trouver.

— Mon vieil et excellent ami, dit-elle en sautant au cou du bonhomme, mon vieil ami! C'est vous qui aviez raison : cette enfant est bien la fille de monsieur de Véragues!

Et, comme le brave homme montrait quelque étonnement de l'intérêt que portait madame de la Mauvissière à la fille du baron :

— C'est que c'est la mienne aussi, mon ami! lui dit-elle. J'ai toujours oublié de vous dire que j'étais la femme de monsieur de Véragues.

Maître Pierre Jalot en demeura bouche bée.

— Il me tarde maintenant de revoir ma chère Madeleine. Allez, mon ami, et traitez de la rançon avec cet aimable homme qui est monsieur de Villenave.

Je vous donne pleins pouvoirs... Mais, ajouta-t-elle, il est entendu que monsieur de Puymonceaux ne sera pas livré à ces misérables!

Mais Pierre Jalot ne put conférer de cette importante question avec M. de Villenave, car il ne le revit jamais plus.

En sortant de chez sa femme, M. de Véragues, furieux de l'émotion qu'il avait ressentie et de la situation fausse dans laquelle il se trouvait grâce à l'incartade de M. de Villenave, courut chez son mestre de camp. Il le trouva dans une salle haute, qui jouait aux dés avec trois officiers de reîtres. A l'entrée du colonel, les rittmestres se levèrent respectueusement; puis, comme on ne les invitait point à rester et qu'on n'apportait point à boire, ils s'en furent et laissèrent les deux chefs huguenots ensemble.

— Dites-moi, mon maître, articula sans autre préambule M. de Véragues, est-ce que vous vous moquez de moi?

Le mestre de camp regarda le colonel d'un air parfaitement innocent.

— Oui, continuait l'autre, faites le bon apôtre. Ah! çà, qui vous a permis de vous mêler de mes affaires de famille?

— Je ne vous comprends pas du tout, mon cher! répondit l'autre.

— Eh bien! je vais être clair, aussi vrai que vous n'êtes qu'un maître sot et qui nous fera tous pendre. Voilà maintenant que vous allez faire prisonnières des dames de la cour! Mais vous ne savez donc pas quelle est la dame que vous avez enlevée?

— C'est madame de la Mauvissière! Je ne la connais pas autrement, sinon que mes espions m'ont dit qu'elle était fort riche.

— Vous avez oublié que c'était ma femme qui vivait sous ce nom.

— Désolé, mon cher monsieur; mais que voulez-vous que j'y fasse?

— Vous allez me donner la réparation qui m'est due, en me la livrant sur l'heure.

— Il serait naïf de ma part de renoncer à la rançon de la dame. Payez pour elle, et je vous la laisse emmener où bon vous semblera, jusque chez le prêtre Jean, ou même chez le grand Diable d'enfer!

— Vous n'aurez rien du tout, et j'emmènerai ma femme dès ce soir!

— Et moi je vous assure que non. Je suis le maître, ici, nul n'en sortira sans mon ordre.

— Vous oubliez que je suis votre colonel!

— Les mestres de camp ne doivent obéissance qu'aux colonels nommés par le roi.

— Vous allez me chicaner mon grade? Oubliez-vous que c'est de moi que vous tenez le vôtre?

— Je n'oublie pas surtout que je tiens ma forteresse et que je suis le maître chez moi, tout comme le charbonnier dans sa cabane!

Véragues avait tiré son épée toute engaînée hors des pendants. D'un mouvement sec de la main, il fit voler le fourreau par la fenêtre.

— Je vais vous envoyer le rejoindre si vous ne me donnez satisfaction!

Et il marchait sur le mestre de camp, qui, pour gagner du temps, lui jeta un escabeau dans les jambes. Il avait aussi saisi son épée et sa dague; les deux mains armées, il courut au colonel, qui cherchait à sortir sa dague du fourreau; comme elle était dure, il dut tirer forte-

ment, ce qui donna le temps à Villenave de lui porter un beau coup taillant sur l'épaule. Le sang coulait sur la manche de drap blanc, mais l'autre, sans s'étonner autrement, détachait un tel fendant sur la tête du mestre de camp que, sans la calotte de fer du chapeau,

son crâne en eût été défoncé. La coiffure roula par terre.

Puis ils se chargèrent en gens experts et pour qui le maniement de l'épée n'a point de secrets. Mais, à un moment, M. de Villenave ayant rompu la mesure en dedans pour passer sur le baron, celui-ci le reçut sur la pointe de sa dague en le frappant en même temps à la tempe du pommeau de son épée. L'autre lâcha ses armes, battit l'air de ses deux mains, et chut lourdement en avant, tandis que Véragues s'esquivait par un saut de côté.

Et, philosophiquement, il proféra ces paroles en regardant le mestre de camp comte de Villenave étendu à ses pieds, vomissant le sang à pleine gorge, car il avait le gosier percé :

— L'ingrat ! Après ce que j'avais fait pour lui !

Puis il descendit dans la cour, fit

sonner au drapeau, et, quand tout le monde fut réuni, il annonça que, vu la mort subite du mestre de camp Villenave, il reprenait le commandement de la bande et allait la mener à de nouveaux exploits dès le lendemain. Et, ayant fait défoncer deux tonneaux de vin, il fut loué de sa générosité. Ensuite de quoi il alla conférer avec le patron

du *Cancre volant*, qu'il regardait comme un homme de bon conseil et regrettait toujours de ne pouvoir nommer mestre de camp à cause de sa chétive naissance.

VIII

Le brusque départ de madame de la Mauvissière laissa tout le monde du château plongé dans la consternation. D'autant qu'on ne fut point sans savoir un peu ce qu'il en était, et M. Henri se désolait, tandis que Madeleine s'accusait, elle aussi, d'être la cause de tous ces malheurs.

Et les deux enfants répétaient ensemble :

— C'est par nous que tout cela est arrivé !

Une étrange fatalité semblait les poursuivre, et dont ils ne cessaient de parler. L'hospitalité que leur avait donnée Pierre Jalot avait apporté au bonhomme danger de mort, ruine et tribulations, et voici que leur arrivée au château de la Mauvissière était le signal des plus tristes événements.

Quant à Briscadoux et à Jacquot, leur désespoir allait s'augmentant chaque jour, car ils s'étaient aperçus, après un mûr examen de conscience, de la responsabilité effroyable qui leur revenait en cette triste affaire. Ils se le rappelaient bien maintenant, c'était leur fatale conversation dans le petit cabaret où ils s'étaient arrêtés un matin qui avait mis quelque espion au courant de la présence de M. Henri au château de la Mauvissière.

— Nous sommes de misérables brutes ! gémissait Briscadoux.

— Et qui méritons la corde! appuyait Jacquot.

Et ils s'ingéniaient à trouver quelque moyen de racheter leur pitoyable conduite, sans toutefois avoir le courage de s'ouvrir à qui que ce fût de leur indiscrétion.

Mais Briscadoux avait perdu l'appétit goût. Et, effrayé de la responsabilité qui lui incombait, n'osant rien prendre sur lui, il s'en tenait à la consigne qu'il avait reçue de sa maîtresse. Et il vivait plein de rancune contre M. Henri, qu'il accusait sourdement de toute la catastrophe.

Aussi reçut-il fort mal le jeune baron

et Jacquot son esprit philosophique ; on les voyait se promener tristement sur le chemin de ronde, car le personnel du château était sévèrement consigné, et ils marchaient la tête basse, ayant perdu toute gaîté.

Le commandement du château était entre les mains du majordome, M. de Rochelandais, ancien gentilhomme du maréchal de Saint-André, et qui valait mieux par la mine que par la valeur morale. Ce bel homme, déjà âgé, avait un peu fait la guerre, mais toujours sans

qui vint un jour lui demander s'il ne conviendrait pas de se mettre en campagne pour tâcher de retrouver les ravisseurs.

— Vous me la baillez belle, monsieur, et je vous remercie de vos avis ; gardez-les pour vous ou portez-les ailleurs! Attendez aussi qu'il vous pousse du poil au menton. Voyez-vous le galant qui veut partir en guerre! Ah çà! mon petit ami, me croyez-vous à ce point dénué de sens pour m'en aller courir la campagne avec le petit nombre de gens

armés que je possède, et laisser le château dont j'ai charge à la merci d'une
surprise.

Et il haussait les épaules avec une
méprisante dignité.

Puis, comme Henri lui déclarait
qu'avec Jacquot et Briscadoux il ten-
terait l'aventure si on voulait seulement

lui donner vingt hommes, M. de Rochelandais s'exclaffa :

— Non, mais! vous me croyez fou à
lier! Et vous pensez, mon petit monsieur, que je vais confier à un capitaine
de votre importance une poignée de
braves gens pour vous faire écharper
avec eux lorsqu'il m'est interdit de vous
laisser partir même seul! Voilà qui
dépasse toute idée. Je vous en supplie,
allez jouer à la paume avec les pages et

ne me rompez plus la tête de vos bille-
vesées.

Et il lui tourna le dos majestueuse-
ment en caressant sa grande barbe
blanche qui s'étalait en éventail sur son
pourpoint de drap de soie noire à taillades surchargé de broderies et de
chaînes d'or.

« Si seulement, se disait Henri, je
possédais quelque argent, je lèverais
des cavaliers un peu partout et je
m'en irais délivrer madame de la
Mauvissière. Mais que faire sans
argent? »

Jacquot, auquel il s'ouvrait de tous
ses chagrins, répondit à cette plainte :

— Mais, de l'argent, nous en avons
avec Briscadoux. Je crois qu'à nous
deux nous pouvons faire un millier
d'écus.

M. Henri lui demanda, pris de scru-
pule, d'où venait cet argent, et Jacquot
avoua qu'abandonné à la bagarre de
Saint-Michel il avait fouillé les poches
des morts et un peu glané dans la ville,
et il s'expliquait :

— Vous comprenez, monsieur, habillé
comme j'étais en parpaillot, je ne pou-
vais pas agir autrement que les autres,
cela m'aurait fait remarquer. Quant à
Briscadoux, lorsque je l'ai rappelé au
bien, ses poches étaient pleines à crever
de testons, de ducats et de doublons, et
il m'a même prié de lui en porter une
partie.

— Vous êtes bien heureux d'être
aussi riches, par ma foi! dit mélancoliquement Henri. Pourquoi **ne vous**
retirez-vous pas chez vous pour aller
planter vos choux?

— Il ne s'agit point de cela, monsieur,
répliqua Jacquot. Nous nous devons
tous au salut de madame de la Mauvis-

sière. Et, si notre or peut y aider, nous vous le donnons.

Sans s'arrêter aux protestations du jeune homme, il appela Briscadoux et lui annonça qu'il venait de trouver un excellent placement pour son argent.

Le géant se déclara content, prêt à payer et à partir sur l'heure. Il avait quelque connaissance du pays, se rendrait sur les marches de Poitou et trouverait là certainement des gens de guerre qui ne demandaient qu'à aller. Puis il amènerait son monde près du château de manière à ce que M. Henri pût le rejoindre avec Jacquot, après quoi on aviserait. Jacquot voulait accompagner le géant, mais Henri lui fit remarquer que cette double désertion ne passerait point inaperçue. On envoya donc Briscadoux avec tout l'or qu'il possédait en commun avec Jacquot. M. de Rochelandais, fatigué par l'insistance du jeune baron, laissa partir le mousquetaire sans se douter du reste du projet qu'il nourrissait.

Huit jours, dix jours passèrent sans nouvelles. C'était maintenant la fin de juin et l'on ne recevait aucune lettre de madame de la Mauvissière. Madeleine, de plus en plus triste, ne savait que pleurer; les demoiselles d'honneur n'étaient pas plus gaies; la nourrice prenait un air de plus en plus revêche et manifestait son chagrin en tyrannisant toute la maison.

Mais, le 2 juillet au matin, les gens qui montaient la garde sur les murailles annoncèrent l'approche de bandes, des cavaliers d'abord, puis des piétons. Tous portaient l'écharpe rouge et paraissaient bien armés. On échangea des signes, puis on reconnut Briscadoux qui arrivait avec un trompette, et il demanda à rentrer avec son monde. Il amenait toute une compagnie du régiment de Goas commandée par le capitaine Laperlière, une cornette de cavalerie ayant à sa tête M. de Traailles, un des frères de madame la châtelaine, et un gros d'aventuriers recruté par Briscadoux. En tout environ trois cents hommes et soixante chevaux.

BRISCADOUX.

Le marjordome crut pouvoir prendre sur lui de recevoir cette troupe et présenta ses hommages au frère de la baronne. Quant à Briscadoux, il n'était pas plus fier qu'avant et s'excusa auprès de M. Henri de n'avoir pu ramener plus de monde.

Il avait, au cours de son voyage de recrutement, rencontré M. de Traailles, qui, avec sa bande de gentilshommes aventuriers, s'apprêtait à partir pour l'Aunis, où l'on guerroyait. Au bruit du danger de sa sœur il n'avait pas hésité à suivre Briscadoux et avait débauché le capitaine Laperlière, qui poussait des reconnaissances sur les marches du Limousin en laissant à son monde une grande liberté d'allures. L'or de Briscadoux avait fait le reste.

M. Henri fut mis à la tête de la compagnie levée par le géant, qui, toujours modeste, demanda à continuer à l'assister comme écuyer avec Jacquot. Et celui-ci demanda à marcher en avant pour éclairer la petite armée et l'amener au repaire, inconnu jusqu'ici, de M. de Villenave.

On partit le lendemain, laissant M. de Rochelandais, avec sa garnison, garder le château au milieu de tous les soucis, des préoccupations et des devoirs que crée l'exercice du pouvoir. Au moment où le majordome allait faire sa sieste, Jacquot trouvait les premières traces de la bande du mestre de camp huguenot.

Les renseignements ne lui manquèrent point, car, à mesure qu'il avançait dans la région de la Creuse avec son inséparable Briscadoux, les gens du pays ne tarissaient point en malédictions sur M. de Villenave et ses bandes, dont les déprédations s'étaient étendues dans la campagne de Saint-Sébastien. C'est là que les deux amis apprirent quel était le repaire du célèbre partisan, mais ce qu'on leur dit du château de Briolan, de sa situation, de sa force, ne leur donna pas grand espoir. Et quand ils rejoignirent M. Henri, qui les suivait à petite distance avec ses cavaliers, ce fut pour lui dire qu'ils considéraient l'entreprise comme problématique.

— Pour se hisser le long des murs de ce nid d'aigle, disait Jacquot, il faudrait pouvoir grimper comme un lézard. Je l'ai vu, dans le temps, ce château : il est perché sur des rochers à pic, et ses créneaux surplombent des fossés à fond de cuve profonds de plus de trente pieds. Depuis plus de huit ans M. de Villenave tient cette place et on la considère comme imprenable. Il est même inutile de dire à ces messieurs qui vous suivent que l'on a affaire au château de Briolan, car ils en connaissent l'assiette et ne se soucieront pas de s'y frotter.

— Nous ne pouvons pourtant pas, répliqua M. Henri tout penaud, abandonner madame de la Mauvissière aux mains de ces huguenots. Peut-être pourrons-nous réussir dans une surprise de nuit.

— Autant vouloir prendre la lune avec les dents, conclut Jacquot.

Mais Briscadoux ouvrit un avis différent. Il fallait étudier la place, en espionner les abords, prendre langue dans les alentours, voir si on ne pourrait pas provoquer une sortie de la garnison. Et il s'offrait pour aller en éclaireur, tout en conseillant qu'on attendît son retour.

Jacquot ne voulut point le laisser partir sans s'associer à ses dangers. Henri, désireux de se joindre à eux, dut cependant comprendre qu'il devait rester avec ses hommes. Il attendit donc que le capitaine Laperlière et M. de Traailles l'eussent rejoint, puis il leur annonça le départ de ses émissaires et leur demanda s'ils ne croyaient pas opportun d'attendre de plus amples informations.

Ils logèrent donc leur monde dans un petit village, près de Saint-Sébastien, envoyèrent sans cesse des cavaliers battre la campagne, et attendirent les événements.

Jacquot et Briscadoux continuèrent le cou. A la vérité ils n'avaient encore trouvé aucun moyen pratique de reconnaître exactement le château ou d'y

CE CHATEAU EST PERCHÉ SUR UN ROCHER A PIC.

leur route et arrivèrent à Briolan au milieu de la nuit, après s'être égarés mille fois et avoir manqué de se rompre pénétrer avec espoir d'en sortir, lorsque tout à coup Briscadoux, secouant comme un prunier Jacquot qui sommeil-

lait dans les hautes herbes d'un pâtu-
rage, lui dit cette phrase mémorable :

— Mon petit ami, je viens d'avoir une
idée.

La chose était assez rare en soi pour
être digne de remarque. Ainsi Jacquot
excusa-t-il la brusquerie du réveil. Et,
se mettant sur son séant, il engagea le
géant à développer son idée.

— C'est bien simple. Je me présente
demain matin à la porte; je me fais
reconnaître. Je raconte que j'ai été blessé
à la bagarre de Saint-Michel, que j'ai
retrouvé les traces de mon chef et que
je reviens m'incorporer. Puis je trouve-
rai bien quelque moyen de conférer avec
toi du haut des murs.

Et Briscadoux, ayant ainsi parlé,
attendit les objections de Jacquot.

— Ce n'est pas trop mal imaginé, mon
garçon, fit enfin celui-ci. mais tu ne te
figures pas, j'imagine, que l'on va te
croire comme cela sur ta bonne mine et
surtout te laisser sans être surveillé. Et
puis, tu es tellement bête que si l'on
t'interroge habilement tu te couperas
dans tes réponses, et l'on te pendra.

— C'est en effet très possible, remarqua paisiblement Briscadoux. Mais je
pourrai dire que j'ai reçu un tel coup
sur la tête que j'en ai perdu la mémoire!
Comme cela, je ne serai pas obligé de
rien raconter.

— Fais mieux que cela. Raconte tout
bonnement la vérité. Dis que tu as été
incorporé dans une bande catholique
après la fuite des huguenots et que tu
viens avertir monsieur de Villenave
qu'une troupe ennemie marche sur lui.
Aie surtout soin de lui faire comprendre
que cette armée est très peu nombreuse,
qu'elle compte à peine une centaine
d'hommes commandés par Puymon-

ceaux. Dis-lui où elle est campée, qu'elle
n'est point sur ses gardes et qu'il peut
l'attaquer sans crainte. Pendant ce temps
je retournerai vers ces messieurs et leur
dirai de se tenir prêts, de telle sorte
que nos huguenots tomberont dans la
gueule du loup.

— Tu as raison, Jacquot, fit Briscadoux après avoir écouté avec admiration
les conceptions machiavéliques de son
ami. Tu es certainement la forte tête
en cette affaire. Et il est bien fâcheux
que tu ne puisses pas aller à ma place
au château, mais personne ne t'y con-
naît. Enfin, sois sans crainte, ajouta-t-
il en soupirant, je me rappellerai ta
leçon!

Mais Jacquot ne le lâcha pas avant de
la lui avoir fait répéter plusieurs fois.
Enfin, quand il le jugea bien au fait, il
se sépara de lui en lui recommandant
de ne point essayer de jouer au plus fin
et de garder son air bête le plus habi-
tuel.

Aux premières heures du jour, Briscadoux se présenta au château. On l'arrêta
immédiatement. Puis certains de ses
anciens compagnons d'armes le reconnurent. Et, comme il demandait à parler
à M. de Villenave, on lui annonça que
celui-ci était mort la veille, subitement,
et que M. de Véragues commandait
maintenant dans la place. On le mena
devant lui.

— Fais bien attention à tes paroles,
fit le colonel d'un ton affable, car si tu
me trompes le moins du monde, je te
fais pendre au coup de midi, pendant
que je dînerai avec ma femme.

Briscadoux raconta son histoire avec
candeur. Au nom de M. Henri de Puymonceaux, M. de Véragues entra dans
une violente colère :

— Comment! Voilà encore ce petit serpent qui se met dans mes jambes. Par mon épée, je l'écraserai sous ma botte à la première occasion !

Et cette occasion lui parut proche quand il eut entendu la fin du rapport de Briscadoux.   .

— C'est bien, conclut-il. Je vais leur tomber sur le dos d'ici demain, et tu me serviras de guide. Mais, si tu essayes de me trahir, la première balle de mes pistolets sera pour toi!

Il le renvoya après lui avoir donné dix écus, très heureux d'apprendre tout cela, car il allait sans doute, après avoir défait ce parti catholique, pouvoir pousser jusqu'au château de la Mauvissière, s'en emparer et reprendre sa fille. Ce qui lui permettrait de faire les conditions les plus dures à sa femme et sans doute de lui soutirer beaucoup d'argent.

Une telle impatience le tenait de rejoindre ses ennemis et de les surprendre qu'il fit partir son monde au coucher du soleil, marcha toute la nuit et atteignit, aux premières heures du matin, les positions occupées par les catholiques. Et il s'était si bien fait éclairer qu'il put se ranger le long de son campement sans que les sentinelles eussent signalé sa présence.

Henri avait commis l'imprudence de se séparer des deux corps de troupes dont il représentait l'avant-garde et sa bande de cavaliers était numériquement très inférieure à celle des huguenots. Rien de cela n'échappa à Véragues, et, comme il ne savait pas que MM. Laperlière et de Traailles étaient derrière avec leurs compagnies, il crut facile d'enlever en un tour de main ce petit parti de catholiques et ne pensa plus à brûler

la cervelle à l'infortuné Briscadoux, qu'il faisait marcher devant lui, son casque attaché à l'arçon de sa selle, afin de ne pas le manquer. Au moment de commencer l'attaque, une idée subite lui fit modifier ses ordres. Il envoya un trompette aux avant-postes ennemis pour dire à M. le chevalier de Puymonceaux que M. de Véragues désirait traiter avec lui et que, s'il l'assurait, il viendrait le trouver lui-même.

M. Henri ne fut pas médiocrement surpris de cette ambassade, mais il ne crut pas pouvoir se refuser à cette entrevue. Et, ayant donné à M. de Véragues sa parole de gentilhomme, celui-ci vint le trouver dans la maisonnette où le jeune homme avait passé la nuit.

IX

— Il paraît, décidément, dit M. de Véragues d'un air aimable, que nous sommes condamnés à nous retrouver sans cesse comme ennemis! Et pourtant, Dieu m'en est témoin! j'aurais désiré vous avoir comme ami, car j'ai une grande sympathie pour vous, croyez-le bien.

M. Henri lui répondit par des formules de vague politesse et lui demanda où il voulait en venir.

— A un accord, fit l'autre.

Et il développait son plan, laissant percer une grande fatigue de ces petites guerres inutiles, son secret désir de rentrer dans la grande famille des gentilshommes catholiques. Puis, brusquement :

— Vous avez été au château de la Mauvissière? Vous y avez vu cette enfant que l'on nomme Madeleine. Elle est une de mes plus proches parentes, et je viens vous demander à quelles conditions vous voudriez lui permettre de venir me rejoindre.

M. Henri lui faisait remarquer qu'il n'avait aucun droit, aucune influence sur cette jeune fille, et que rien ne le

Madeleine, et je vous donnerai ce que vous voudrez, même les clefs de ce château de Briolan que nul n'a pu forcer jusqu'à cette heure! Je vous donnerai de l'or, de l'argent à vous **rendre** riche à jamais!

M. Henri, soupçonneux, lui demanda

mettait en position de faire un accord de cette nature.

— Arrangez-vous-en avec madame de la Mauvissière, fit-il enfin. N'est-elle point en ce moment prisonnière de votre ami monsieur de Villenave?

Véragues ne répondit pas à la question. Mais il insista sur le désir qu'il avait d'avoir l'enfant auprès de lui :

— Écoutez, jeune homme! De cela dépend votre fortune. Retournez au château de la Mauvissière, ramenez-moi

pourquoi il tenait tant à avoir cette enfant en son pouvoir et ce qu'il en voulait faire.

L'autre se mordait les lèvres, marchant d'un pas agité. Enfin il s'écria :

— Pourquoi j'y tiens? Mais vous ne savez donc pas que c'est ma fille!

M. Henri, surpris, le regardait maintenant avec étonnement, car le partisan semblait comme transfiguré. Il avait prononcé ces derniers mots avec une telle tendresse « Ma fille! » qu'on eût dit qu'ils venaient de la bouche d'un tout autre homme. Cependant il continuait :

— Oui ! c'est mon enfant ! ma fille ! J'ai appris les affreux dangers auxquels elle a échappé par miracle au sac de Saint-Michel. Et je sais aussi que vous avez aidé Pierre Jalot à la sauver. Tenez ! quoi qu'il arrive, je ne saurais plus haïr, car je me rappelle maintenant comment ma femme, Catherine de la Mauvissière...

— Comment, votre femme ? fit Henri. madame de la Mauvissière est votre femme !

Véragues eût bien voulu reprendre ses paroles ; mais il était trop tard. Il continua :

— Oui, je vous expliquerai tout cela... plus tard... Mais en ce moment, je vous en prie, promettez-moi, jurez-moi, que vous allez me ramener mon enfant. Voyez vous, les dangers qu'elle court me glacent maintenant d'effroi ! Ne me refusez pas cette grâce, je vous enrichirai, je vous ferai monter aux dignités, aux honneurs. Car, lorsque j'aurai repris mon rang à la cour, je compterai parmi les plus puissants !...

— Vos promesses me font trop d'honneur. Je crois, certes, à la sincérité de vos paroles. Mais comment n'avez-vous pas fait avec votre femme un accord au sujet de votre fille ?

— Mais je ne puis vous expliquer tout cela. Les secrets les plus effrayants sont liés au sort de cette enfant. Je vous en prie, jeune homme, aidez-moi à ravoir mon enfant !

Il marchait vers lui, le priant presque bassement ; il pleurait de vraies larmes de douleur ; un peu plus, et il se traînait aux pieds du baron ému et effrayé par cette singulière nature.

— Mais tu ne sais donc pas, gémissait Véragues, qu'on a déjà failli me la tuer ? Elle était au Blanc, en Berry, chez un vieil ami à moi, La Roche-Aymon, qui lui servait de tuteur. Tant que j'ai pu, j'allais la voir furtivement, masqué, caché sous mon manteau ; et elle ne savait pas que j'étais son père ! Et puis j'ai été mis en prison par ce maudit La Châtre...

M. Henri se recula de lui. Il se rappelait la lettre du gouverneur du Berry, l'hôtellerie du *Cancre volant*, et comment Véragues l'avait pris, contre tout droit.

Mais celui-ci le suppliait toujours.

— Tu ne sais pas ce qu'on souffre, dans ces heures-là ! Tu ne sais pas que c'est la seule créature que j'aime au monde !... Eh bien ! elle a failli être tuée à Saint-Michel, cette innocente, car La Roche-Aymon y était allé avec elle sans me pouvoir prévenir ; il a été massacré !... Elle, heureusement, s'est sauvée !... Ah ! quand je pense qu'elle aurait pu trouver la mort dans ce sac !

— C'eût été une juste punition du ciel. Croyez-vous que tous les malheureux que vous avez fait égorger n'ont pas été pleurés par leurs parents ? N'est-ce pas vous qui les avez livrés au désespoir ? Tenez ! Laissez-moi ! Vous me faites horreur et pitié ! C'est à peine si je crois à la vérité de vos paroles ! Quoi qu'il en soit, sachez une chose : en aurais-je le pouvoir, je ne prendrais pas sur moi de remettre cette Madeleine entre vos mains. Que madame de la Mauvissière s'en arrange avec vous, c'est à elle de décider ce qu'il lui convient de faire. Et si vous n'avez pas d'autres propositions à m'apporter je romps l'entretien!

M. de Véragues s'était relevé. Blême de colère, il fit au jeune homme un signe de menace et disparut. Quelques minutes après, ses reîtres attaquaient les lignes catholiques sous une grêle de coups de pistolet. Puis des arquebusiers s'avancèrent, et les catholiques faiblissant ne purent se maintenir dans le village où ils s'étaient logés.

En désordre, maintenant, ils s'éparpillaient à travers les jardins, par-dessus les haies. En vain Henri, avec un gros de cavaliers plus déterminés, essayait-il de changer cette fuite en retraite réglée : tout pliait devant M. de Véragues. On le voyait, dans son armure noire, se dresser sur son grand cheval gris, frappant les hommes de sa longue épée d'armes et les fauchant comme épis mûrs. La déroute devenait complète. Henri, blessé, avait dû se retirer à l'écart. Le colonel huguenot l'appelait à grands cris pour le défaire. Les huguenots occupaient le champ de bataille et dépouillaient les morts tandis que les plus actifs poursuivaient les fuyards, quand on entendit des tambours et des fifres : la compagnie du capitaine Laperlière arrivait sur le terrain, flanquée des cavaliers de M. de Traailles.

La bataille reprit dans une prairie coupée de petits cours d'eau où la cavalerie put se déployer, tandis que des mousquetaires, du haut des coteaux voisins, arquebusaient les huguenots dispersés et qui, de tous côtés, cherchaient à rejoindre leurs enseignes. Mais ils n'avaient plus à leur tête, pour les rallier, ce mestre de camp qui chargeait la demi-pique à la main

comme un simple capitaine de gens de pied et qui eut nom M. de Villenave. Et en cette heure, voyant la déconfiture des siens, M. de Véragues regretta peut-être de l'avoir tué dans une mauvaise querelle.

Les rangs des huguenots flottaient; à peine purent-ils se former en un grand hexagone au milieu duquel se réfugiaient les blessés. Les piquiers, heureusement, firent ferme et, croisant savamment leurs bois, permirent aux autres de se masser. Autour de ce gros d'hommes tourbillonnaient des cavaliers dont les chevaux refusaient devant ces lignes de pointes aiguës; les coups de pistolet éclataient, on entendait les cris, les huées monter. Mais les gens de cheval de M. de Traailles ne purent entamer le bataillon huguenot reformé au milieu de la prairie. Lui-même, en poussant une charge, eut son cheval tué sous lui; ses hommes étaient au même instant dispersés par les reîtres de M. de Véragues enfin ralliés.

Les huguenots avaient repris l'avantage quand arrivèrent les gens de pied du capitaine Laperlière. Ce brave homme, armé d'un harnais blanc, marchait en tête de la première ligne, visière baissée, la rondache au bras gauche, l'esponton à la main. Des mousquetaires protégeaient les flancs, en serre-file. Les deux fronts de bataille hérissés de piques s'abordèrent alors, et dans cette mêlée formidable on n'entendait d'autres bruits que le grincement des fers, les plaintes sourdes des hommes qui soufflaient, la chute lourde des corps, amortie par l'herbe épaisse couchée sous les foulées. Autour de la presse tourbillonnaient les masses de cavaliers en essaims qui se fondaient,

HENRI, BLESSÉ, AVAIT DÛ SE RETIRER A L'ÉCART.

se reformaient, se poursuivaient en poussant de grands cris.

Et au-dessus de ces hommes acharnés à se détruire le soleil s'élevait dans la gloire de ses rayons, faisant jaillir des éclairs des armures, briller les grands panaches des casques, les harnais des chevaux, la soie des étendards et des enseignes qui se déroulaient sous le vent ou retombaient comme des voiles pendant le calme. De temps en temps des salves de coups de pistolet éclataient, mais les fantassins étaient si pressés qu'ils ne pouvaient plus charger leurs arquebuses; ceux qui avaient brisé leurs piques combattaient avec l'épée.

Les huguenots commençaient à plier, et les mousquetaires descendus des coteaux les tiraillaient en flanc. Les reîtres avaient cessé de charger, car leurs chevaux fatigués ne pouvaient plus les porter; au reste ils les réservaient pour pouvoir fuir, car ils jugeaient la journée mauvaise. L'infanterie enfin rompue lâcha pied, se débanda, se sauvant dans les bois de Parnal, mais beaucoup de piétons huguenots furent tués dans la poursuite, car leur cavalerie les avait abandonnés.

Quand il vit la partie perdue, M. de Véragues se retira à pas lents vers le petit village, où il reforma ses reîtres. On n'osa guère le poursuivre, car les quelques arquebusiers à cheval qui essayèrent de s'opposer à sa retraite furent abattus à coups de pistolet. M. de Traailles, remonté, se précipita sur le colonel huguenot, mais il roula à ses pieds abattu par un coup d'épée qui lui fendit la face. Ses hommes le relevèrent à moitié mort et laissèrent le terrible partisan se retirer du champ de bataille. On ne devait plus le revoir dans le pays.

Quant à M. Henri, grâce à Jacquot il avait été tiré de la presse avec un coup de pistolet dans la figure qui lui avait labouré la joue et quelque peu endommagé l'oreille gauche. Il voulait se rejeter dans la bataille, mais son écuyer commença par le panser, puis lui conseilla de se reposer un instant dans un bosquet un peu éloigné de la mêlée. Il ne tarda pas du reste à l'y rejoindre avec le remarquable Briscadoux, qui s'en vint lui présenter ses respects.

Et, comme la bataille était gagnée pour eux, ils résolurent de se rendre sur l'heure au château de Briolan avec leurs hommes, laissant MM. Laperlière et de Traailles cueillir les lauriers de la victoire, suivant l'expression de Briscadoux, qui était ami des bonnes-lettres. M. de Traailles avait la figure coupée en deux, et le capitaine Laperlière un bras à demi rompu.

X

Le révérend abbé Anne de Berlieu, de son nom en religion père Anselme, égrenait saintement son rosaire dans sa cellule de l'abbaye de Noirlac en Bourbonnais. C'était un homme vénérable et réputé pour sa vertu, bien qu'il ne fût pas d'un âge avancé, et certains allaient jusqu'à le considérer comme un saint. En sa profonde humilité, il avait déjà refusé le gouvernement de plusieurs grosses abbayes, et vivait retiré, loin du monde, plongé dans l'étude des livres saints et menant une vie d'austérités telle que l'on en parlait à Rome et que l'archevêque de Bourges, M. Leroy, primat d'Aquitaine, avait même cru pouvoir lui conseiller de modérer son zèle.

Il répondit au prélat, avec une grande surprise, qu'il n'avait jamais rien cru faire qui méritât l'attention; et, rentré en soi-même, il se taxa du péché d'orgueil, augmenta ses macérations, mais sans en laisser rien paraître.

Son savoir égalait ses vertus, et, plus d'une fois, en ces temps troublés où l'hérésie et les factions couvraient la France de flammes et de sang, on venait lui demander conseil. On le prenait même comme arbitre, et telle était l'estime qu'il inspirait qu'on vit des huguenots chefs de parti accepter sa médiation et se conformer à ses arrêts. Car, s'il abhorrait l'hérésie, son cœur était plein de miséricorde, et, de sa retraite, il rappelait les puissants du jour à la mansuétude. La reine-mère, dans les moments difficiles, l'était venu trouver, et de toutes parts on s'adressait à lui. Il mettait d'accord les abbayes de Saint-Sulpice et de Saint-Ambroise divisées par des questions de préséance, demandait des secours pour les moines de Saint-Satur, relevait le courage des religieux de Déols, envoyait aux gouverneurs de provinces de salutaires avis, et arrêtait les dégâts du chef huguenot Villesalins, qui reculait devant sa parole.

En ce jour de septembre, il était plongé dans la tristesse, rêvant aux terribles secousses qui avaient bouleversé l'Église et qui continuaient à secouer sourdement l'autorité, la religion, la société, comme si on fût près de ces temps, annoncés par le Livre, où l'antéchrist descendrait parmi les hommes.

Et, son rosaire à la main, il demeurait songeur, se répétant ce verset de saint Jean :

Alors j'entendis une grande voix qui venait du temple et qui disait aux sept anges : « Allez et versez sur la terre les coupes de la colère de Dieu. »

LE RÉVÉREND ABBÉ ÉGRENAIT SON ROSAIRE.

On frappait à la porte de sa cellule.

Un homme entra; un voyageur, sans doute, car il avait de longues bottes maculées de boue et de sang, un manteau poussiéreux, comme son chapeau de pluie. Vêtu avec une élégante simplicité, il portait l'épée et la dague. Toute sa personne avait un air de commandement, et sa taille était haute. Il se découvrit : sa chevelure blanche, son visage sombre et désolé, frappèrent le moine d'une compassion vague en même temps que d'une anxieuse tristesse :

— Que désirez-vous de moi, mon frère? demanda l'abbé.

L'inconnu répondit d'une voix lasse :

— L'oubli, le pardon, et, s'il se peut, le repos!

— Avez-vous donc commis de lourdes fautes et qui pèsent à votre cœur?

— J'ai péché!

— Nous sommes tous des pécheurs. Mais, au-dessus de nous, s'étend la miséricorde divine.

— J'en désespère aujourd'hui, car j'ai dû la lasser.

— La bonté de Dieu est inépuisable; en désespérer est pécher. La pénitence lave tous les crimes.

— Les miens ne sont pas de ceux qui se puissent effacer.

— Humiliez-vous, mon fils. N'avez-vous pas péché par orgueil?

— Les sept démons ont trouvé refuge en moi. Les chasser n'est plus possible, et je crois que je suis damné!

L'inconnu, la tête basse, s'était laissé aller sur un banc de bois. Le soleil couchant éclairait sa face, et l'abbé fut effrayé, car elle lui parut être celle d'un réprouvé. Si déterminé que fût son courage, si haute que fût sa raison, il en demeura troublé.

Cependant, d'une voix ferme, il demanda à l'inconnu :

— Qui êtes-vous, mon fils? car je ne vous ai jamais vu.

— Je suis le baron de Véragues, répondit l'autre d'une voix éteinte.

L'abbé tressaillit. Était-ce la tentation du malin? Il lui semblait que ce Véragues avait été tué, il y avait des semaines, dans les environs d'Aguilfort. Il se signa, mais l'homme ne bougea pas; il se contenta de dire d'une voix pleine de tristesse :

— Oui! mon nom est un motif de scandale et d'horreur.

— Au nom du ciel, parlez-moi, dit l'abbé. Qu'êtes-vous venu chercher ici? Ne suis-je pas dupe d'un rêve?

— Non, mon révérend père, appuya M. de Véragues avec un mélancolique sourire qui éclaira à peine son visage, je suis bien devant vous en chair et en os. Je suis le proscrit dont la tête est mise à prix. Livrez-moi aux présidiaux; l'or servira à réparer les pertes que j'ai fait subir à vos églises!

L'abbé reprit doucement :

— Êtes-vous venu chercher ici un asile? Vous le trouverez!

— Non, mon père. Je suis encore riche et peut-être assez puissant pour ne point craindre mes ennemis. Je suis venu ici pour chercher la paix de l'âme, si quelque chose peut encore me la donner.

Et il s'expliqua longuement. Fatigué du protestantisme et des pasteurs, honteux de sa vie passée, il avait été pris de remords, il voulait rentrer dans le sein de l'Église.

— Mais je crains bien que tous mes crimes me rendent ce retour impossible, mon père.

— Notre-Seigneur a pardonné au bon larron.

— Oui, mais pas au mauvais!

— S'il se fût sincèrement repenti, Jésus n'aurait point fait d'exception. Ministre d'un Dieu de miséricorde et de justice, je suis prêt à vous entendre en confession; je vous absoudrai même, mais il faut que votre pénitence soit si haute que vous arriviez, comme notre saint père Antoine quand il se retira à

Colzim, à n'avoir plus peur de Dieu!
Une vie entière de macération et de
repentir suffira peut-être à laver vos
fautes. Parlez-moi donc en confiance,
si bien ferme est votre propos. Je vous
donnerai rang parmi nos frères con-
vers, et, lorsque des années de persévé-
rance et de soumission nous auront
prouvé la valeur de votre sacrifice,
nous vous accueillerons dans notre
troupeau de moines et vous considére-
rons comme sauvé. Entré parmi nous,
vous serez mort au monde, vous n'aurez
plus à compter sur ses joies, à redouter
ses colères. Réfléchissez, mon fils, et
demeurez ici le temps que vous jugerez
bon. Cette maison est vôtre, et vous y
serez en sûreté! Si demain le cœur
vous en dit, je vous ouvrirai le tribunal
de la pénitence. Allez en paix!

M. de Véragues sortit songeur. Il
soupa à l'abbaye, y coucha même.
Mais, le lendemain matin, trouvant en
soi que Dieu mettait à un bien haut
prix son salut, il remonta à cheval et s'en alla, préférant courir le
monde.

Mais il ne le courut pas longtemps,
car il rencontra, trois jours après, un
gentilhomme périgourdin dont il avait
assassiné le frère, et qui le chargea si
vigoureusement, aidé d'un laquais, que
le partisan laissa échapper son âme par
les nombreuses boutonnières que l'on
fit à son pourpoint. Les gens qui le
trouvèrent le lendemain sur la route,
percé de dix-sept coups d'épée et de
dague, le reconnurent très bien et se
firent honneur de sa mort. Ainsi ils tou-
chèrent le prix promis à qui livrerait,
mort ou vif, le sieur de Véragues, baron
des Gurons, seigneur de Saint-Pierre-
de-Notz, Mours et autres lieux, ci-

devant prévôt, juge d'épée et capitaine
d'une compagnie de chevau-légers,
cassée par ordre du roi.

XI

Aussitôt après la bataille de Saint-
Sébastien, M. Henri était parti avec son
monde, en toute diligence, pour le
château de Briolan. Mais des fuyards
l'y avaient précédé. Le désarroi était
extrême, on répandait le bruit de la
mort de M. de Véragues. Et Pierre
Jalot, profitant habilement de ce désordre, travailla si bien la petite garnison, sut si bien compter des écus qu'il
la décida à abandonner la citadelle. A
ce moment arrivait Henri. Il se déclara
neutre dans cette affaire et laissa la
garnison faire ses préparatifs de départ
et piller la maison des caves aux
combles.

Mais il s'empressa de faire escorte à
madame de la Mauvissière, qui s'en
retourna chez elle, dans son carrosse,
avec son ami Pierre Jalot, heureuse
d'être, une fois encore, sauvée des
griffes de son terrible mari. Et l'on
put voir Jacquot et Briscadoux en tête
de la caravane, mais cette fois à cheval,
car le chemin se comptait par lieues de
pays.

Enfin on atteignit la Mauvissière sans
encombre et on y trouva M. de Traailles,
qui était venu s'y faire soigner et que
sa nièce, sans qu'il la sût telle, avait
pansé plus d'une fois de ses blanches
mains. M. de Rochelandais voulut que
la châtelaine passât sa garnison en
revue pour voir comme il l'avait gardée
belle. Et la charmante femme lui en fit

des compliments les plus flatteurs. Mais l'orgueil du majordome reçut une blessure cruelle quand il vit le succès que tout le monde fit à M. Henri et à ses cavaliers mercenaires. Ceux-ci largement payés s'en furent quelques jours après, et le château reprit sa tranquillité.

bonne demoiselle, qui de son vivant fut très simple, rangée, même économe, voire avare, avait laissé un joli magot, comme son testament le prouva. Et son neveu put accepter la succession, car la seule clause lourde fut de s'engager à nourrir le chat noir Charon. Jacquot s'engagea à le soigner comme un dieu

DES FUYARDS L'Y AVAIENT PRÉCÉDÉ.

Tout à la joie de posséder enfin sa fille chérie, madame de Véragues avait repris sa gaîté; le magnifique château était devenu un lieu de fêtes; on ne rêvait que plaisirs. On dansa, on courut des bagues, on chassa aux oiseaux.

Bientôt des nouvelles arrivèrent, très graves. D'abord celle, bien officielle, du trépas du baron de Véragues, dont il fallut prendre le deuil, puis M. Henri apprit la mort de sa vieille tante. La

lare, expression que lui avait apprise Briscadoux.

De la fameuse lettre à M. de la Châtre, Henri de Puymonceaux ne connut jamais le vol par M. de Véragues. Mais la lettre de M. de Véragues fut retrouvée dans la prison de Saint-Michel, où Henri l'avait laissée tomber sur la paille de son cachot. Cette lettre, conservée aujourd'hui dans la collection d'archives d'un riche Américain

IL S'EMPRESSA DE FAIRE ESCORTE A MADAME DE LA MAUVISSIÈRE.

demeurant à Yowah, m'a été communiquée, en 1879, par le célèbre Austin Goodfellow, d'Oxford, qui m'engagea à entreprendre des recherches sur la vie de l'homme pour qui fut écrite cette lettre.

J'ai eu beaucoup de mal à trouver des renseignements. Mais, comme la patience est tôt ou tard récompensée, je découvris, au Cabinet des Titres, en 1890, une lettre du baron de Véragues où il menaçait un voisin de lui faire un procès à propos du droit de secondes herbes. Je me mis donc à rechercher tout ce qui pouvait m'éclairer sur le baron de Véragues, et ce que j'ai raconté ici en est la substance même.

Grâce à la complaisance du défunt Galemart, dont l'active bienveillance est connue de tous ceux qu'attirait à la Bibliothèque Vesinienne l'amour des choses du passé, j'ai pu également retrouver la catholicité de M. Henri, chevalier de Puymonceaux, et de Madeleine de la Mauvissière-Véragues, sa femme. Ils furent mariés à Dun-le-Roy le 9 septembre 1572, c'est-à-dire trois ans environ après les événements que je viens de raconter.

Enfin, la Chronique inédite de Guillaume et Nicolas Patrobe, manuscrit du XVIIe siècle qui disparut dans l'incendie de l'Opéra-Comique en 1887, mais dont M. Théotime Galemart avait pris soin de lever des extraits dès 1868, extraits aujourd'hui perdus, la Chronique donc des frères Patrobe d'Issoudun ne nous laisse rien ignorer de la vie des principaux personnages qui prirent une part quelconque aux incidents de Saint-Michel en l'an du Seigneur 1569.

On me permettra d'y renvoyer le lecteur.

FIN

Pour paraître le 1ᵉʳ Août 1921

NOUVELLE COLLECTION ILLUSTRÉE
CALMANN-LÉVY

GYP

Monsieur Fred

Illustrations de F. FABIANO

NOUVELLE COLLECTION ILLUSTRÉE
CALMANN-LÉVY

135-21. — Coulommiers. Imp. Paul BRODARD. — 6-21.